这世上,总有一人让你刻骨铭心,总有一些际遇让你欲罢不能。

妈妈不知去向,父亲一天天在老去……

是对命运的守望,还是无助,也许只有经历过的人才会明白。

这里的时光凝聚成了文字表达。这里也是另一个江湖,该来的则来,该走的会走……

Contents · 目录

第一辑　不要痛，这只是小·意外

　　一、一个叫小平措，一个叫哥哥 /3

　　二、半生浮梦 /23

　　三、出家的人不许掉眼泪 /37

　　四、妖精一样的女人 /52

　　五、再也无法享有的天真和浅薄 /75

第二辑　不要恨，这只是小·漂泊

　　一、亲爱的，不要离开我 /91

　　二、一曲长调长，一曲魂断肠 /106

　　三、最漫长的告别 /120

　　四、K叔，欠你一碗般若汤 /134

　　五、守身如玉 /157

第三辑　不要哭，这只是小·因果

　　一、只有你才是灰姑娘 /173

　　二、陌生旅店 /186

　　三、罗曼蒂克不实惠 /200

　　四、女人不要在办公室里哭 /217

　　五、没有在一起的姐姐 /231

Preface·序言

我们是否都是妖孽?

十五个故事,十五种不同的表达。

这个秋天到春天,我用一种全新的写作态度,去完成一部我在心里构思了多年的作品,这些故事曾深藏那么久,它们跳跃的火焰不时地燃烧着我。无数个夜晚,我忍受着这样的燃烧,告诉自己,一定要做到最真切的陈述,哪怕故事本身有残缺。

一些事情和情绪就在心里如暗火般摇曳,一些苦与痛,乐与悲,都是"小恶魔"。你放大,它就长大,你缩小,它就不生长。

一次难过要多久,一些快乐要如何收藏,如何不停止。

我们总在彷徨中去索求、奢望。我们望眼欲穿、坚强如铁,我们雾里看花、忍痛割舍,谈笑风生中还要问自己"我是不是你最爱的人"。

我去过一些偏远小镇,那里有我不能忘却的记忆。这些记忆就像一张干燥的宣纸,当我注意到它时,忍不住泪如雨下,泪在纸上化开,形成一道道深浅不一的痕迹。我把它称之为苦难的历史。

这世上，总会有一个人让你刻骨铭心，总有一些际遇让你欲罢不能。

我曾那么痛恨酒，现在却不得不写着与酒相关的故事。因为酒，我的童年曾看不到蒲公英的飞舞，在隔三岔五的夜晚恐惧就这么残忍地包围着我。因为酒，多少情劫在悲情上演。酒，就那么地让人挣扎与轰鸣吗？不能确切地去作答，毕竟，当思念一个人的时候，我们可以做到一人饮酒我独醉。

人生路漫漫，寂寞的人要去远方，忘不了情的人要去寺院。懂了的人还要重复地去犯同样的错误，不懂的人拼命地生活——寻找生之真谛。

奥斯特洛夫斯基说，人的生命，似洪水奔流，不遇着岛屿和暗礁，难以激起美丽的浪花。爱或不爱，拾起或放下，都是生命中异样放彩的浪花。

你想找一个人好好地过完一生，想在半夜醒来，他或她依然在身边……然而，当心不如所愿、情不如所归的时候，在斩不断、理还乱的纠结中，有的人成了妖孽，有的人混迹于妖孽之中。

其实，我们本不是妖孽，只不过在修炼的时候走了火、入了魔。因此，唯知之修炼，斩断痛苦不以物累，返璞归真方成为圣人。

我们都曾放任自己的情绪，敞开心门让世间的美好和污浊来来去去。

我也想过，一个对故事、对人间悲欢离合关注的人会是什么样的。他带着一颗虔诚的心，愿意跋山涉水，愿意承受冷言冷语，愿意远离喧嚣，潜心思考。他也深知执着与追求，不满与抗争……这一切都是人性中的因子。他的内心戏份很足，他所有的故事，包括倾听得来的，都已融在日常生活里。

序言

  别问我为什么要写下这十五个故事，因为故事已经不再是故事！因为千言万语已经幻化成文字。

  最后，忍不住要说一句，写序言真的很难。就像一个人不知道如何独处一样。

  感谢出版方，感谢为此书出版付出心血的编辑同人们！唯愿此书不是终结。

熊显华

2018.1.13

第一辑　不要痛，这只是小·意外

第一問 不思議な二人の男

一、一个叫小平措,一个叫哥哥

时间与空间仿佛在我犹豫不决之间刹那停止,我眼前浮现出一道光景,小平措正坐在门槛上,环抱西藏梗。他仰望天空,眼神中有期待,那是对我的嘱托。

1

我去察隅那会儿,遇到一些事,一些人……

每个人都会有一个结局,疾风少年的结局就是重拾了那把"破吉他"。

很多动物在流浪的时候都没有名字,但眼前这只狗,它有名字。疾风少年小平措将一只狗捡回家的时候,他似乎没有那么孤独了。

这只狗很少叫,不只因为是西藏梗,它似乎很忧郁,就像少年小平措一样。

　　人的命运在很多时候都会不一样，就算是同一天、同一时辰出生的都会不一样，小平措长得是憨中带着一些小可爱。

　　将人与狗的命运结合在一起，其实是挺尴尬的，而且容易让人产生误解。

　　这只西藏梗的主人是谁，我不知道，但它却和小平措形影不离。小平措是一个喜欢唱歌的少年，但他却做起了服装生意。

　　在巷子口，有一个小小的服装店，每天清晨，总是开得最早，里面的小平措戴着一副没有镜片的眼镜，话虽不多，但笑起来还是蛮吸引人的。

　　我去察隅的时候，被他店铺里的一件衣服所打动。

　　那是我喜欢的款式，民族风格浓厚——好几家店铺我都不曾在意。夜幕降临，那昏暗迷离的灯光下，你不会觉得小平措有多么的与众不同，他倚靠在门口，明明暗暗。

　　我掏出钱，递给他。

　　小平措接过，找回十元，我示意不要，他坚持给我。这时，那只一直蜷缩在店铺门口的西藏梗突然轻叫了两声，那神情我捉摸不透。于是我弯下腰，想去抚摸它，可小平措却一把抱起了它。

　　我有些尴尬。

　　我不愿意去到更远处找舒适的住所，就问他附近有没有住的地方。他指了指东面，哦，那里有一家小客栈。

　　我一脸欣喜，脚下如生风，咯噔咯噔……到了。

　　打算在这里住上一段时间，我上了二楼，放好行李，透过窗户，我竟不由自主地将目光移向小平措。

　　我看见小平措正端详着西藏梗，接着用手去抚摸它的毛发，又说:"哎呀,你怎么吐舌头呢,是不是饿了呀,我请你吃酥油饼吧!"

西藏梗轻哼了一声,那样子是楚楚可怜中又夹带着可爱。

我脑海里开始出现关于西藏梗的神秘形象:正如它的名字那样,西藏梗来源于中国西藏,它能在极度恶劣的气候及复杂的地形条件下生存。据说,寺庙里的和尚早在两千多年前就开始豢养西藏梗了,人们只是把它作为伴侣犬,像孩子一样对待它们。

小平措的西藏梗似乎不挑食,他喂,它吃。

人与狗的点点滴滴成为一种习惯,我伫立在窗前,注视小平措和西藏梗也成为一种习惯。有时候我闭上双眼,像一个告别尘世烦恼的行者;有时候,我紧闭双唇,不言不语,如同看透人间悲欢,觉得沉默才是最好的表达;有时候,我也会对小平措招手,喜欢看他纯真的笑容。

看与不看在我心里,都当作是一种表达。只是,它未必就成为一个人能树立精神批判的必然,但它一定是一种存在,一种在若干年后能被有识之士发现的存在。譬如,对命运嗟叹的无望、无助。

我以为小平措没有什么心事,事实上,这绝对是错误的判断。

我真为当时能选择在察隅住上一段时间而庆幸,我禁不住要欢呼雀跃。

2

地处青藏高原的东南边缘的察隅,是喜马拉雅山和横断山脉交接的地方。这里气候独特,南亚热带的湿润让雨季就是雨季——只要人们喜欢它,就算一个月不停歇,也是一种美。

就在雨季里的一天,小平措半夜里忽然想起了那只西藏梗。他睡不着,他听着窗外滴滴答答的雨,侧过头,又侧回头,脑海里有一些片段模糊地闪过,随后,他快速地一翻身,如一阵风一样的跑出了房间,他呼喊着那只西藏梗……

没有回音,只有雨声,还有偶尔的闪电划过。

小平措惊慌无措,他像一个迷失的父亲在私下寻找自己的孩子。下楼,出门,向左拐,黑色的雨伞慢慢撑开,四下张望的眼神在前方不远处的一个墙角停留,雨伞倾斜,在黑暗中遮出一小片晴天。

西藏梗蜷缩在墙角,像是睡着了的样子,并没有吱声,也没有睁眼看小平措。

好半晌的时间里,小平措都怔怔地立在那里,雨水顺着伞面的边缘滑下,那声音好奇怪,如铁钉落地……如果地面是他的心,这声音就是他的隐痛。

"我想哥哥了。"小平措抚摩着西藏梗,迷离地望着它,"你说,哥哥去哪里了,他会回来吗?"

西藏梗微微地颤抖了一下。

小平措没有拿雨伞,他抱起西藏梗往家的方向跑,那比丝线要粗一些的雨水淋湿了他的头发。他透心凉,有无尽的思念与挂念,跑到家门口一回头。感觉黑夜与雨的距离是那么的近,而这个家与哥哥的距离是那么的远。

"不要再离开我,好吗?"小平措歇斯底里地对着西藏梗喊叫,"你离开了我,哥哥就不会回来了。"他泪水模糊了双眼,这是哥哥留给他的西藏梗,他不能弄丢了。这是哥哥给他的嘱托,待西藏梗十岁的时候,哥哥就会回来。

小平措是普通人家的孩子,小学只读到五年级,在离家十来里的小城市里走读。

小平措没有什么特殊的爱好，也没有什么朋友。记忆里，他过得波澜不惊，大多时候，是哥哥送他上学，接他回家，有时，父亲也这么做，但父亲为了生计，时常不在家。至于妈妈，在他三岁那年就离家出走了，至今杳无音信。

别人家的孩子眼里有很多内容，小平措眼里只有哥哥和父亲，他是旁人眼里的路人甲，是万花丛中不起眼的小草，他在家里却是哥哥和父亲的宝贝。

在这男性的爱的世界里有着不同的疼爱方式，就像哥哥那样。

哥哥在的时候，几乎每天都骑着自行车带他兜风。有时候，路过菜市场的那家肉饼店，哥哥捏紧刹车，潇洒地停下来，买一个肉饼给他吃。

"好吃不，弟弟？"哥哥蹬着自行车，语言在风中穿透，传入耳里。

"哥哥，好吃，真好吃。"他坐在后车座上嚼得津津有味，嘴角流油。

"下次哥哥还买给你，好不？"

"嗯！哥哥，你也吃……"

"……"

哥哥还和其他人的哥哥不一样，很帅气，很高，很有才气，也很迁就他。

有一天，小平措说："哥哥，哥哥，我想要你那只西藏梗，可以不？"

哥哥想了一下，然后抓住他的手说："好啊！有一天哥哥若不在了，你一定要替我照顾好它。"

"哥哥，为什么有一天你会不在？"小平措仰起脑袋，眯起眼睛问。

"……"

小平措抚摩着西藏梗的毛发，将脸贴近它，思绪恍若隔世。他仿佛早知道会有这一天，也仿佛毫不知情，哥哥竟然在与他挥手告别后，就再也没有回来过。

夜未央，小平措在无尽的思念中缓缓入睡，那眼角的晶莹泪珠是他对命运的守望，还是无助，也许只有经历过的人才会明白。

3

妈妈喜欢哼着小调儿，哄哥哥入睡，妈妈的音乐天赋遗传给了哥哥。

哥哥喜欢弹吉他，哥哥比弟弟多享受到一种爱，对妈妈的容貌与印象也更清晰些。

小平措把哥哥当偶像看待，哥哥读书的时候，时常获得奖学金，快临近大学毕业的时候，妈妈离开了。

那一年，有一位披着长发的流浪艺人来到察隅，他为妈妈作了一幅画，妈妈露出了从来没有过的笑容。在画里，她是那样的美丽绝伦，清新脱俗；在画里，她呈现出少女的楚楚动人。

其实，这是一种全新的生活描述，这幅画的内容勾动了妈妈深藏于心的琴弦，弱小的没法泯灭的欲望有时候会被一种莫名的力量牵引，继而无限充盈、扩大。人哪，就是这样变得有情或无情的。

在察隅，这是妈妈生长的地方，几十年的光阴她都度过了。如今,为了如蜉蝣般的痴情选择了抛弃家庭。

妈妈偶尔会做一些优美的描述,她说:"流光容易把人抛,红了樱桃,绿了芭蕉,寒烟寒雨,时人离开时。我喜欢初夏的傍晚,那敞开的窗口飞进一种小蜻蜓似的飞虫,它的身体和翅膀同色,头角几乎完全同蜻蜓一样,全身褐黄色,尾尖拖着三根长长的细须,飞得也慢得多,很容易被人捉到,我不愿做这样的小虫子,我想飞得更快、更远……"

哥哥眼望着妈妈,他那会儿不知道这样描述的深意,只觉得妈妈的眼神如幽幽的叹息。也许女人的世界男人真的不懂,更何况哥哥还不算男人。

片刻,妈妈才对哥哥说:"书画和音乐是最完美的搭配,音乐和耕地相隔太远,不要恨妈妈。"

这是妈妈对哥哥说的最后一句话,从此他们相隔两世界,再也没相见。

父亲也在那一夜变得比以前更沉默,每天除了耕作,还是耕作。他的想法很简单,就是要撑起这个家,而对情感的苍白——每当他坐在那把破旧不堪的藤椅上休息时,那吧嗒吧嗒的抽烟声比谁都响亮。

哥哥临近毕业了,这是家里的大事,也是一件在别人眼里的小事。

哥哥不甘心,这一点他和妈妈很相像,他不想一辈子都窝在这个小城市里。有一天,他突然从凳子上跳下来,冲到院子里,对着天空大声呼喊:"我是疾风少年,我的世界里只有风一样的奔跑。"

小平措也听到了这样的呼喊,他放下手中的笔,翻动书的页面正好停留在"疾风"页面。随后,他乐滋滋地跑过去与哥哥拉钩,那喜悦的表情使他的言语没有任何修饰，在直接的表述中有家庭破碎后的不离不弃：“哥哥，哥哥，到时别忘了带上我，我也要和你一起飞。"

哥哥低下头，又将手叉在腰间，眼神中满是使命感。他甚至觉得眼前的景色就是功成名就的景色。在这里面，有他，有弟弟，有父亲，有全世界的掌声。

浸淫在这样的梦里，哥哥并不觉得世界会有灰色的时候。

可是，这个世界看起来是明亮鲜艳的，但是在明艳背后的轰鸣与挣扎，以及那种夹于其中的无奈和愤懑会将雄心壮志打击得体无完肤。

哥哥觉得自己不是一个普通人，以为有美丽的梦想就会了不起。可是在旁人眼里，他就是一个普通人。没有人会在意一个来自察隅的疾风少年，因为，物质的富裕显得是那么的招摇，它甚至可以抵消我们于嫉俗中的许多偏见。

没有人会觉得哥哥不信服这些，但哥哥的心里早已泛起了波澜。

倘若日子能一直这样平平静静地流淌下去该有多好，可是，谁能阻止这风格迥异的生活没有波澜呢？

临近毕业的前夕，同系的学生决定搞一场聚会。

主导同系聚会的是一位富家公子，哥哥本是不打算去的，他骨子里瞧不起这样的人，再加上与他根本不熟。他与他，或者说他与他们根本就没有交集。

但快毕业了，同系的阿强说这富家公子背景很强大，路子多，只要能和他交上朋友，很多复杂难办的事都能变得简单。

或许阿强说的没有错，只是，骨子里很难改变的东西，真的会因为一场聚会就能像妈妈一样颠覆吗？

第一辑 不要痛，这只是小意外

无论怎样，哥哥藏于内心的心就像妈妈当年一样，动了。停靠在避风的小巷，他发现自己竟然就这么轻而易举地被阿强喜形于色地说服了。

随后，脚下生风，一个来自遥远的声音此起彼伏——我如是妈妈不甘于寂寞……

可是，疾风少年啊！

男是男，女是女。

哥哥是哥哥，妈妈是妈妈。

富家公子是富家公子，你终归还是你。

一切都来得毫无征兆——我是说意外。哥哥忽然之间就崩溃了，他得了重度的抑郁症，音乐梦想也随之崩盘。

真相是这样的：他那时连续考了三年研，竟然都没有考上，正在拼死备考第四次的时候，心中却起了涟漪——浮躁的时代，那些明明暗暗的骚动似乎从来就没有停歇过，似乎冥冥中就会到来的遭遇，在你最低谷的时候悄然而至。

这世上，总会有一人让你刻骨铭心，总有一些际遇让你欲罢不能。

从小，哥哥就被父亲教育要为这个家努力，上进心是摆脱贫困命运的唯一。机会也是相等的，付出一定是有收获的……

直到长大了，却没有人告诉他，这些都很重要的因子并不一定会像我们一直期待的结果那样呈现。那些所谓的平等和机会，甚至成功的途径，对于他这样的普通人家的孩子来说，是多么的狭窄和稀缺。

在学校，他是获得了许多知识，可是学校并没有告诉他要如何从容面对那些不公平的资源分配时内心所产生的负面情绪。

父亲和学校对哥哥的教育是一样的，好好学习，天天向上。

现在，哥哥却没有向上，而是向下了。

事故出现在阿强说的那个聚会上，哥哥赴宴前，心里一点儿都不平静，小平措拽着他的手嚷着要多带点好吃的东西回来。对弟弟来说，这是多么难得的机会，那些只能在电视里看到的美食，馋了多少年才可以吃到呀！哥哥一边穿衣服，一边看着小平措，他没有说任何话，只是神情古怪地笑了笑。小平措将头偏向一边，调皮地对他说道："可以不可以吗，哥哥，哥哥……"

他蹲下身，系着鞋带，依旧没有说任何话。

小平措不依不饶。哥哥低下头，摸了摸他的脑袋，轻声地说道："弟弟，这是别人在请客，哥哥尽量吧！"

他听后，脸上乐开了花，蹦蹦跳跳的姿态是他永远长不大的表现。哥哥不知道是该高兴，还是忧伤，妈妈不知去向，父亲一天天在老去……

出门的那会儿，小平措开玩笑地说："哥哥，下手狠点，多吃，多拿，反正不吃白不吃，不拿白不拿，嘻嘻……"

哥哥轻摇了一下头，踏门而出。

在前方不远的地方，阿强站立在风中，察隅的风吹乱了他的头发，还有他神采奕奕的表情。哥哥迎风而行，手里揣着父亲给他的二百元，头脑里跳跃着前一晚的一个细节，当时他内心如潮水般汹涌，却神情自若，平时看起来背影佝偻的父亲在昏暗的灯光映射下显得更加伛偻了，"这个老男人心里的苦谁人知啊！"在心里，哥哥铿锵有力地敲打出这样一句话。

当父亲后脚迈进小木屋的一刹那，哥哥眼眶湿润了。从那窸窸窣窣的声响里，他脑海中勾勒出了这样一个画面：父亲佝偻弯腰，四下摸索，在包裹了好几层的绸布中找到一沓人民币……

这是他辛苦积攒下的，他们贫瘠的缩影。

哥哥脚步沉重地呼吸着察隅的风，那细小的颗粒扑打在脸上，轻微有些疼。

"你……怎么了？"阿强有些面无表情地问道。哥哥心里应该多少有些明了，未来的路对他和他来说，真的不是那么清晰，"高山仰止"的感觉只能是奢望——那并不是自己能够达到的。梦想是那么璀璨，现实总免不了残忍，想了千百次地登台演唱不知道什么时候才能如愿，幻想着唱歌挣钱改变家境的场景却已经在心里排练得熟悉万分。

"没有什么，"哥哥轻描淡写的一句，"我们继续走吧，就算是救命的稻草也要紧紧地抓住！"

两人相互击掌。

他们的背影双双隐没在暮色里。

小平措的盼望如孩童站在亲人的肩膀上欲摘星辰一般。

父亲继续在地里劳作。

我在聆听中泪珠轻滑。

可是聚会回来后的哥哥就变了……直到现在，也没有人知道在那天的聚会上发生了什么。

第二天凌晨，天色黯黑，哥哥空手回家。没有打包带回美食，也没有任何言语，只有满脸的疲惫，他安安静静地走进自己的小房间,在床沿小坐片刻,轻轻躺下,沉沉睡去。

中午时分,小平措推开哥哥的房门,满地的"雪白"如岁月如霜般细碎,那是哥哥的音乐教材,还有厚厚叠叠的曲谱,哥哥盘坐在房间地板的中央,满脸颓废,曾经梦想的疾风少年,眼角泪滴,如轻触一笔的痕迹,留下了绝望的标题。

小平措吓坏了,父亲还在地里干活,没回来,他不敢去拉起哥哥,他小小的力量如何能拉得动哥哥的那份沉重?他眼睛不眨地盯着哥哥,手指弯曲,握得紧紧的。

哥哥看着他,没有说话,好半天才挣扎而起,然后,他抱住了小平措,一句话也不说。

小平措一个劲儿地呼喊着:"哥哥,哥哥,你怎么了,你到底怎么了?"

哥哥依旧不说话。

自从那天聚会后,哥哥便再也没有说过一句话。

察隅的很多人都以为哥哥哑巴了,但,他真的没有哑巴,有时候不说话并不是没有话说,而是有太多的话说不出口。

我住在察隅有一些日子了。我和小平措接触的次数也越来越多。

我不做写作者,我只做聆听者。

我愿意陪他一起做活,他愿意和盘托出。

小平措说哥哥心里有太多的不服、怨怼,但,这些都不能怪他。

我说是我们都误解了哥哥,他明明被残酷的现实逼疯了,却还要被说成是自我的堕落与沉沦。所有人,都是一语成谶的帮凶。

人哪,谁不想努力奋斗呢!可是梦想的崩盘竟是那颗不服却又无能为力的心!

没有人愿意承认这样的尴尬,还是要如小强那样喝着浓浓的鸡汤。

更没有人想了解那个聚会上到底发生了什么。

5

真是祸不单行，小平措说，那年，他的父亲也病了。哥哥长时间沉默，父亲更加沉默，这种沉默甚至超过当年妻子的背叛出走。

哥哥曾问父亲："你恨妈妈吗？"

父亲没有什么表情，但嘴唇的微微翕动出卖了他。许多时候，无言又神情微弱的恨胜过千刀万剐的恨，在我们残破不堪的记忆里，它定是刻骨铭心。

有一次，小平措无意间发现，父亲竟然将母亲唯一的一张照片给撕了，撕得粉碎，撕得咬牙切齿。他害怕极了，浑身哆嗦着，不敢吱声，也不知过了多长时间，他竟然靠在墙角睡着了，眼里渗出晶莹的液体。

父亲每天闷着头进进出出，哥哥躲在屋子里不愿意见到阳光。

中年男人的痛，中年男人自己来承担。

哥哥的痛，除了哥哥承担，还有父亲、小平措一并承担。

气郁于心，难以排泄，终将成大病，不知道是哪个中医对我说的，也不知道这样的病到底有多可怕。医生的轻描淡写往往是病情不可控的婉转告知，对于自己的病情，父亲也只字未提，但小平措猜得出，这是绝症。

多好的一个家庭就这么完了，如果母亲能在，或许会好点，但她不可能知道，这个家是多么的需要她。

小平措似乎在一夜之间长大，他变得勇敢、坚强，他不怕黑夜，他甚至不在乎街坊邻居们的悲悯和安慰，尽管那是出于人性的善良。

生活由此变得繁忙、沉重，小平措要照顾两个人，一个是哥哥，一个是父亲。他再也吃不到哥哥给他买的肉饼，也不能躺在父亲的怀里数星星，这些看起来多么平常的小事，如今已都成为奢望。

在去医院的路上，小平措想着父亲的病情越来越严重，憔悴是希望渺茫加在一起后的表现。他头脑里风暴般地想着父亲的神情：本已紧锁的眉头在黝黑间显得更加紧凑了，呈沟壑的"川"字在父亲的一呼一吸间无言地诉说着这个家庭的巨变，还有那让人很难理解的隐忍。

小平措狂喊着，捂住脑袋向前奔跑，街边的风景成为他孤单的陪伴。他路过它们，它们却从不回头，他走不进它们的世界里，他只能路过它们的世界，就像哥哥认定自己永远进入不到他人触手可及的世界里一样。

奔跑的速度太快了，以至于小平措伏在父亲病床的床沿好半天还在气喘吁吁，他脑袋里好多焦虑与企盼，握住父亲的那只手也从来没那么紧过，他轻声地问："父亲，你到底什么时候才能好起来呀！"

父亲声音微弱，嘴唇翕动了两三下，他根本就听不清父亲说了些什么，只是看到父亲那布满皱纹的眼角淌出了透明的液体。

"我好害怕看到这样的场景。"小平措对我说。

我沉默了一会儿，眼睛不眨地望着他，说："我……我也怕，真的好怕——"

呜呜——

寒风凛冽，声音是那么刺耳。

呜呜——

情在恸,泪已不再流。

这样的病是再也好不起来了,生命有时候是那么脆弱,不管我们有多么不舍,多么自我打气,它就是好不起来了。

父亲的身体一天一天地羸弱下去,直到再也喝不下粥,最后都不需要小平措送饭了,医生采用了鼻饲,小平措一天天地更心慌。

更心慌的是,小平措回到家的时候,哥哥不见了。

推开房间的时候,里面空无一人,只留下一封他看过的最简短的书信,那白净的纸上歪歪斜斜地写着一句"我走了,还有那把破吉他,待西藏梗十岁时我就回来"。

小平措惊愕万分,大约一分钟后,他垂下了头,将嘴唇咬出了血。之后的他缓慢地一转身,脚步沉重,他不知道自己是如何走到医院的。

此时,医院的病房里也只有两个人,一个是小平措自己,一个是父亲。

生死有命,父亲用极其微弱的声音对小平措说道:"……你哥哥,就随他去吧,不要让他再拖累你了,还有你妈妈,如果有一天她回来,请不要恨她,我这一辈子,背负了太多的恨……"

死死地盯住父亲,他不知道该如何接话,这般年纪的他,本不应该承受这些成年人里的复杂。

父亲十分吃力地抓住小平措的手,想要再说些什么的时候,突然没有了声息。

一个苦了一辈子的普普通通的父亲,一个只有自己才知道曾经有多恨的父亲,在没有更多的遗言中离去。

小平措没有哭。在我的内心深处,我以为他会昏天暗地大哭,那撕心裂肺的悲鸣一定会让铁石心肠的人也掉泪。

我想过要动情地描述这一个细节，却发现语言在此刻是那么苍白，那么无力。也许，无哀就是最大的哀痛吧！

在邻居的帮助下，父亲的后事得到了处理。小平措坐在自家的门槛上，抱着西藏梗，他说："哥哥，你能听见吗？父亲没了，父亲没了……"

哥哥听不见，哥哥在不明的远方。小平措眼望天空，留下一个一直在等待的结局。

父亲去世后，小平措就一直与西藏梗为伴，经营着小店，这是妈妈留给这个家的唯一事物，也是他唯一的经济来源。

时间或许是最好的疗伤药，父亲去世后的四年里，一切逐渐变得平静如水。直到我这个旅人闯入小平措的世界，那些过往的历史，还有这历史下的悲痛，竟然被我无情地挖掘出来。

我是多么残忍……

我又是多么情伤……

在察隅的日子已近半月，这里的时光凝聚了我现在的文字表达。当然，这里也是另一个江湖，该来的则来，该走的会走，一来一走都有故事，只不过，有的人忘了，有的人心不在焉，有的人刻意聆听，有的人依依不舍却不得不离开。而我，属于后两者。

小平措说他习惯了一个人吃饭，一个人照顾自己的生活。他积攒了一些钱，从来都舍不得花，他在等待着哥哥的回来。他常抱着西藏梗，对它诉说心声。

我舍不得离开察隅，可我注定是一名流浪写作者，且相信文字的永恒传达，更相信它的力量可以洞穿我们深深浅浅的灵魂。

我想，对任何人而言，梦想应该有的，万一实现了呢？这就像那心里一直在唤醒着我们的形形色色的灵魂一样，不管岁月如何变迁，我们不死，梦想不灭。收拾好行囊，我去告别。

"我得走了，小平措。"我说，"如果有时间我会再来看你的。"他微微笑了一下。

我也微微一笑，是后会有期，还是后会无期，没有答案。

坐在车上，我心潮起伏：下一站，我多想能遇到小平措的哥哥啊！

7

像我这样的流浪写作者，如葛林歌中的"林中鸟"。

有一天，我真的就在南方的一座城市中遇见了他。我这人眼睛特别厉害，仅凭小平措给我的一张不那么清晰的相片就能在人群中认出一个人。

我不是在人群中认出哥哥的。

一条不那么宽敞的巷子，零零散散地斜放着几辆破旧的自行车。在城市的一些隐蔽角落里，总会有流浪者或者文青们的惊喜。当然，还有那些淘宝者，他们会出没在这样的地方，寻求生命中的某些永恒，譬如，对自我的守望、对梦想的坚持，还有那颗避世的心。

我不是隐者，我要去追寻。我相信那个疾风少年没有放弃心中的梦，我不谈分离，不谈堕落，只是终究绕不过这样的过程。

我注视着眼前的他，对周遭的一切我不感兴趣，我什么也没有说，只是抓住他冰冷的手，以那微弱的温度告诉他"流浪到最后是飞翔"。

从踏进哥哥的那间破旧不堪的小屋里，我就有一种被梦想在遗忘与非遗忘之间的气息包围。

从我凝视哥哥的一刹那，我就被一种人世的沧桑所浸淫，这是怎样的一种心绪啊！

一缕阳光从破败的窗棂照射进来，映衬在布满灰尘的墙上，一些石灰块似要跌落，无数的灰尘在空中飞舞。感谢阳光，让我看到这肉眼看不到的尘埃，那一把断了弦的吉他，有多久没有被拨弄过了，那隐藏于心中的梦想已沉睡多久了……

我踮起脚尖，取下那把破吉他，哥哥一脸惊恐，我看见他倏地一转身，那松散无力的双手在瑟瑟发抖。我吹掉吉他上面的灰尘，轻触几根琴弦，发不出细腻而多变的声音来，那声音难听，甚至有些刺耳……

"多好的吉他啊！可惜琴弦断了……"我叹声道。

接着，我看见他站在小屋的正中央，屋外的白光映照着他，似要转身却未转身。那道白光也映照着我，一瞬间，我感觉恍若隔世，却又如此清晰，一种莫名的刺痛在提醒我，这是一种必须经过狠心者锤敲后才能唤醒的坚持。我想写一个让你们看了心痛不已的故事，却又发现自己在面对现实的作梗时是那么羸弱。

我的内心波澜起伏，好多话想要对他说，却开不了口。我怕我的语言缺少穿透力，我怕我说的只是陈词滥调，对他而言，起不了丝毫作用。

时间与空间仿佛在我犹豫不决之间刹那停止,我眼前浮现出一道光景,小平措正坐在门槛上,环抱西藏梗,他仰望天空,眼神中有期待,那是对我的嘱托。

动作有时候是最好的表达,我紧握那把破吉他,走到哥哥的身前,他以为我会把吉他递给他,我却狠狠地抓住他的手,然后我们到了外面,穿过巷子的路口,他一脸惊愕,眼神中划过短暂的锐利。

我捕捉到了这一切,我仰起头,对着察隅方向的天空轻轻地说:"小平措,你的哥哥还好,还好……"

之后,我紧握吉他的手放空,他一弯腰接住。

"我得把它修好,琴弦断了可以再接的。"他对我郑重其事地说道。

"那……梦想呢?"我问。

"也……可以!"

2013年的一个下午,我路过青衣巷口,我踱步而行,哥哥的声音吸引了我。

2013年的一个夜晚,我坐在8号地铁酒吧的临窗位置,喝着酒,听着哥哥的民谣《破吉他》——

仰望天空的仓颉啊!那里有你多少的奇思妙想。

疾风的少年是我啊!曾经的天空多么宽广。

电掣的风马,指尖的刚柔,这世间叮当响。

风驰的经幡,折断的翅膀,这人生响叮当。

仓颉是仓颉啊!我是少年,少年是我啊!

破吉他,破吉他……当我再弹起它,忍不住泪落下;

破吉他,破吉他……当我再弹起它,忍不住魂断肠;

破吉他,破吉他……当我再弹起它,忍不住细思量;

破吉他,破吉他……

2014年,我收到小平措的一封信,信上说哥哥回去看他了。

2016年,我决定写下这个故事,并取名为"一个叫小平措,一个叫疾风少年"。

二、半生浮梦

如果能够放下一时之恨,哪里还会荒废这半生呢。

1

老爷子姓刘,今年六十七,住在红牌楼一个一套一的小房子里。刘老爷子住的地方很老了,因为绿化常年缺少维护,树木和藤蔓经过多年的疯狂生长之后,几乎将整个小区笼罩起来。再加上是过年期间,很多人回老家过年,小区散落着落叶的道路上空无一人,阴森得怕人。

我收紧外套,将自己裹得严严实实,刚到门口,就闻到一阵浓烈的薄荷烟草味。来之前,我早听人说过,刘老爷子烟瘾奇大,"每天要用两个打火机,领到退休金的第一件事就是去楼下小卖部抱几条烟。"

房子的门已经锈迹斑斑,我找了很久也没找到门铃,便敲了敲门,连着敲了好几次,从门内才传出了一个苍老的声音:"等一下!来啦!"

过了五六分钟,门开了,一个黝黑的矮个子女人走了出来。女人大概三十岁出头,浓妆艳抹,手里提着一包衣服,避开我的目光走开了。

"你进来吧!"苍老的声音响起。

我走了进去,身材高大的刘老爷子正整个人摊在旧沙发上,眯着眼睛抽着烟。刘老爷子是山东青岛人,年轻时在青岛一个船厂当修理工,后来做了编剧,捧了一次百花奖之后,做起了执行导演,整天天南地北地拍了不少好片子,后来老了,跑不动了,就打算找一个城市定居。

为了寻找一个适合定居的城市,刚刚停下来的刘老爷子又开始四处奔波,从台湾到漠河,再从拉萨到西双版纳。刘老爷子跋山涉水两年时间,依然没有找到适合定居的地方。后来,刘老爷子在成都火车中转的时候,碰到一位有过一面之缘的新锐导演,两人曾经聊过,志趣十分相投。

新锐导演是个成都通,先是请刘老爷子去人民公园喝了盖碗茶,顺道掏了耳朵,晚上吃了三个小时的火锅。酒足饭饱之后,刘老爷子兴趣盎然地要去看地方文艺表演。新锐导演立刻心领神会,带着刘老爷子去跳了把莎莎舞。跳过之后,刘老爷子退掉车票,打算长住成都。同时,刘老爷子也明白了,自己在心里闷了半辈子的烦劳,全是因为女人。

这种烦劳就像水里的月亮,十分清晰,却捞不起来,费尽心

第一辑 不要痛,这只是小意外

思绞碎了,不消多久工夫却又完好如初。当然,说出来的话,兴许好受点。

刘老爷叫刘海生,出生在青岛海边。出生在海边的孩子,因为常吃海鲜和经常在海水里闹腾,个个都肩宽腿长。海生的爸妈在啤酒厂上班,啤酒供不应求,爸妈工作繁忙,就没有时间管他,他就有了更多的时间去海里闹腾。所以,海生的个子长得特别快,十五岁的时候就一米九了。

当时海生正在读初中,他的个头引起了体育老师的注意,经过简单的体能测验后,海生被送往体校,主攻长跑。在进学校的第一天,海生就认识了一个叫胡慧琳的姑娘。当时,海生刚好将大包小包的生活用品搬进校门,一个身材娇小的女孩子就出现在了他的面前。那女孩扎着劲道的马尾辫,皮肤是健康的小麦色,眼睛深不见底,身上穿着校服,再配上一双长筒袜,在那个年代,已经算是时髦漂亮了。

女孩子轻柔地问:"需要帮忙吗?"

海生平时见到的,都是那些在浪花里长大、有着健壮美的女孩子。眼前这么娇小的女孩子,他还是第一次见,他不知该如何是好,一时半会儿说不出话来。女孩子倒是爽快,不等海生说话,就主动帮忙拎包。

女孩子拎着海生的大包走在前面,海生拎着个小包,一言不发地跟在后面,女孩子身材娇小,而海生一米九的个子,即使在体校也有点鹤立鸡群了。这么大个男人,怎么能找一个娇小女孩子帮忙拎包?找女孩子帮忙也就算了,怎么能找个这么漂亮的女孩子?这引来了周围男生异样的目光,海生被大家看得面红耳赤,不由得加快了脚步。

终于到了宿舍楼下,海生长长地出了一口气。女孩子放下包,挽了挽被汗水沾湿的头发,脸上泛着几多红晕,身上散发着青春的气息,以及洗发水的香味。海生看得有些呆,海生觉得,自己像是潜到了深水里,脑袋里清晰得很,身体却不听使唤。

女生并没有感受到海生的内心戏,只是说道:"我只能给你送到这里了,前面是男生寝室。"

海生觉得自己已经在深水里潜到极限了,必须豁出去拼死一搏,让脑袋露出水面才有一线生机。于是,海生绷紧了身体说道:"谢谢你!你叫什么名字?改天我请你吃饭。"

女孩子笑了笑后说道:"不用了,我是学生会的,帮助同学是我们的分内之事。"说完,女孩就走了,海生绷紧的身体这才松弛了下来,如同一个刚钻出水面的溺水者一般大口地呼吸着。

突然女孩转过身来,海生立刻又像潜下水面般屏住呼吸。

女孩子说道:"我叫胡慧琳。"

"我叫海生……"海生看着胡慧琳消失的背影喃喃道。他加快的脉搏预示着,心里那颗看不见的种子已经生根发芽了,并随时准备破壳而出。

进入体校之后的海生,很快就开始了漫无天日的日常训练。每次训练完之后,海生都觉得自己累成狗,不过还好有"狗粮",从第一次见到胡慧琳之后,他每天都翘首以盼,希望能再见到她。但事与愿违,时间都过去一个星期了,他还是没有再见到胡慧琳。

海生觉得自己不能再坐以待毙了,经过四处打听,他得知胡慧琳是校乒乓队的。

于是用尽毕生所学,海生凑成了一封一百七十五字的信,并用一瓶荷兰水(汽水)找了班上的一个女生帮忙递给胡慧琳。送信的女生离开之后,海生的内心非常激动,他想将自己写信给胡慧琳的事情跟同桌分享,但是又舍不得,就这样一直激动纠结到送信的女生回来。

送信的女生一回来,海生就上去问:"怎么样?她看了信之后有什么反应?"

"没什么反应!"送信女生平淡无奇地说道。

"啊?"海生大失所望,坐在座位上。

送信女生说:"活该!你以为我们是学戏的啊?还写信!你怎么不送个绣花枕头啊?"

"那怎么才有用?"海生急切地问道。

"我怎么知道?自己想!"说完,送信女生转过头去,不再理会海生。

海生觉得,自己之所以遭受挫败,完全是没经验。为此,他一边从画报上汲取知识,一边从其他在操场并排行走的男女身上学习方式方法。

经过一周的学习之后,海生总结出来,追女生一定要胆大,要让全世界都知道,胡慧琳就是我刘海生的。

2

当时,流行歌曲《大海航行靠舵手》正通过卫星传遍五湖四海,体校也循环播放着。听着高昂的曲调,海生心潮澎湃,他用手挡住阳光,看清了体校那个三十寸的边缘缺了一块的大喇叭,做出了一个大胆的决定。

一天中午放学，海生没有像往常一样去吃午饭，而是早早守候在了广播室外，饿着肚子的他就在那里一直等到午间广播结束，广播室的老师锁上门走了之后。

等老师走远，海生左右打量一下，见没人，便掏出准备好的螺丝刀，撬开了广播室的大门，然后摸了进去。

进了广播室之后，他还搬了桌子、凳子将广播室的门堵上，然后坐到广播老师的座位上。那个时候的广播功能单一，设备也简单，他不费吹灰之力就打开了广播。此刻的海生太阳穴高高鼓起，豆大的汗珠滴落而下，他闭上了眼睛，深吸一口气，尽量把自己想象成徜徉在海水里自由自在的样子。

就这样，也不知过了多久，海生终于开口了，与此同时，学校的广播也响了起来："胡！胡慧琳，你听着，我是，我是刘海生！我想送一首诗给你！"

对于这样一条前所未有的广播，学生们先是愣了三分之一秒，然后就炸开了窝，不论男生女生都纷纷开始起哄。这时的胡慧琳正在食堂吃饭，一听见广播脸色大变："他疯了！"胡慧琳放下手中的洋瓷碗和乌龟水壶，飞快地朝广播室飞奔而去。

广播室里，刘海生掏出一张皱巴巴的纸，纸上是手抄的《雪花的快乐》。他几乎用尽了毕生的力气，对着广播念道："假如我是一朵雪花，翩翩地在半空里潇洒，我一定认清我的方向，飞飏，飞飏，飞飏……"

等胡慧琳跑到广播室的时候，广播室的老师也已经开始指挥学生会的先进成员用一截木头撞门了。"一二三！嘿！"学生会的学生一边喊着号子一边嬉笑着撞门。

但是门被海生堵得相当好，连着被撞了好几下，广播室的门也只是晃了晃,并没有丝毫要被撞开的迹象。这时广播室的老师也不淡定了,只见他站在一块石头上,伸长了脖子,大喊起来:"里面的刘海生同学,你给我听着,你现在正在犯错,赶快开门出来认错!"

听见外面的撞门声和呼喊声,海生不为所动,内心反而更加平静。他感觉自己正漂浮在漫无边际的海洋里,内心干净得可以过滤出海水里的盐分。在这样的状态下,广播里他的声音也由刚才的紊乱变得平静下来,甚至注入了某种感情,变得美好起来:"你看,我有我的方向。在半空里娟娟地飞舞,认明了那清幽的住处,等着她来花园里探望……"

空气仿佛停滞了一般,撞门的学生会停住了,广播室的老师哑巴了,胡慧琳也不再焦急,闭着眼睛听着海生送给自己的诗,那个十五岁少年的稚嫩声音,竟然有着一种说不出来的宽广。

事后,广播室老师很生气,他觉得在广播里刘海生这小子风头盖过了自己,于是,花了三天三夜,写了一封算上标点符号总共两百字的信给校长,要求严惩刘海生。于是,学校决定开除刘海生。

刘海生的爸妈请了自生下刘海生之后的第一天假,去学校找到广播室的老师,用三年免费的散装啤酒,说服广播室老师再给刘海生一次机会。于是,广播室老师又连夜写了一封信给校长,大致说了刘海生这小子有创造力,将来是可塑之才,等等。

就这样,学校撤销了开除刘海生的决定。事情告一段落后,海生做的第一件事就是约胡慧琳一起吃饭,胡慧琳竟答应了。吃饭那天,刘海生就着厕所的自来水将头发梳了又梳,梳得一丝不苟,然后在学校旁边的菜园子里偷摘了一朵向日葵。

但是,当刘海生见到胡慧琳的时候,并没有预想中的那么欣喜。一见面,胡慧琳就面无表情地说:"海生,我们都还小,应该以成绩为重，不要想那些事情。"胡慧琳说完就走了，饭都没吃。海生有些难过，将两份饭菜全部吃光后，还叫老板单独加了一个小份，又来了两斤啤酒。

吃完饭回到学校的海生并没有去上课，而是径直回了寝室，不胜酒力的他躺在床上，昏沉沉地睡了过去。

当他醒来的时候已经是傍晚了，不由得想起了胡慧琳的那句"海生，我们都还小，应该以成绩为重，不要想那些事情。"此刻的他，突然觉得应该好好努力，做出成绩让胡慧琳好好看看……这样想着，海生飞快地洗了把冷水脸，换上胶鞋，冲到运动场开始长跑加练了。

接下来的日子，胡慧琳一直对海生避而不见，就算万不得已碰到了，胡慧琳也是径直从海生身边走过，连招呼都不打。但海生并不气馁，只是默默地加重了加练的强度。

半个月后，训练课上系统化的训练，加上他平时高强度的加练，海生的长跑成绩一日千里，也让老师惊讶不已。又过了一周，市运动会到来了，海生想着要在胡慧琳眼里证明自己，就申请参加市运动会。虽然当时海生的长跑天赋已经展露无遗，但因为上次广播室读诗的事情的影响还未完全消除，他的申请被驳回了，学校将唯一的参赛名额留给了原定的种子选手。

海生非常失望，郁郁寡欢了好久。但没过几天，学校原定的种子选手在校外酒后寻衅滋事，影响非常恶劣，所以就被取消了参赛资格，学校也最终决定，让海生顶替种子选手的名额参赛。

异常兴奋的海生马上将这个消息告诉正在练乒乓的胡慧琳，可胡慧琳就像没听见一般，继续练球。胡慧琳这样的态度刺激了海生，比赛前几天，他更加刻苦地训练——晨曦初露的早上，烈日炎炎的晌午，雄浑壮阔的黄昏，夜深人静的晚上，操场上都能看到海生疯狂奔跑的身影。

海生的辛苦没有白费,在市运动会上,海生一黑到底,拿到了市长跑的冠军。他的苦心也没有白费,跑出青岛第一的好成绩之后,第二天胡慧琳就主动约他去海边游泳。

海生和胡慧琳悠闲地走在沙滩上,留下两双并排的脚印。走着走着,海生试探性地敲了敲胡慧琳的手背,然后一把抓住胡慧琳的手,胡慧琳挣扎了几下,但海生抓得紧,她挣扎了几下也就放弃了。

海生牵着胡慧琳去游泳,胡慧琳不会水,在浅水的地方站着,看海生在海浪里上蹿下跳。在心爱的人儿面前,海生好不得意,猛子一个接着一个,突然,又一次的下潜之后,海生半天也没有浮起来。

胡慧琳觉得不对,轻轻地喊了一声:"海生!你别吓我!"

海生依然没有浮起来。

胡慧琳急了,冒着生命危险朝海生消失的深水区走去,一边走一边叫:"海生!海生!来人啊!救命啊!有人落水了!"

四周空无一人,水面一片平静,似乎没有人能听见胡慧琳带着哭腔的呼喊,突然,不知没站稳还是怎么的,胡慧琳吞了两口海水。被咸腥的海水呛到的胡慧琳,手脚胡乱地开始扑腾起来,惊惶中,海水竟然也铺天盖地而来,就在她胡乱挣扎之际,一双强有力的手从后面将她从水里托了起来。

惊魂未定的胡慧琳转身一看,是海生,没错,是头发上还挂着一只小螃蟹的海生。她又惊又喜,粉拳暴风骤雨般落在海生身上,打够了之后,胡慧琳从左手取下一只金色的手镯,戴在海生右手上,说道:"我小时候身体不好,奶奶就将这只手镯给了我,保我平安,现在我把它送给你!"

海生一听，急了："不行，你得戴着！"

胡慧琳按住海生想要脱下手镯的那只手，轻生说道："以后这只手镯就代表我，它在你手上，就代表我在你身边。"

海生有些疑惑，问："怎么这么说？"

胡慧琳摇了摇头，把头转向一边，不再说话。

从海边回来之后，海生又接连好几天没有见到胡慧琳，他急了，于是就在学校四处打听，连胡慧琳的教练都问了，也没有胡慧琳的消息。

在爱情懵懂的世界里，胡慧琳是潮水，海生是沙滩，现在潮水从沙滩上完全褪去，一干二净得竟然就像从未出现过一般。

但是，海生并没有放弃寻找胡慧琳，有一天，他碰到胡慧琳的教练，那时的胡慧琳的教练喝得酩酊大醉，正抱着一棵木桩子大说胡话。看在胡慧琳的分上，海生过去扶住教练，从他的胡话中，海生大概听出，胡慧琳一家在从海边回来的第二天就搬走了，搬到了地球的另一边，而且永不回来。

知道真相的海生大醉了一场，最后和胡慧琳的教练，两个醉醺醺的大男人，抱在一起哭了起来。在那个恋人拉手都要偷偷摸摸的年代，两个大男人居然抱在一起，自然会引得观者如堵……真是听者伤心，闻者流泪，纷纷感叹世风日下。

酒醒之后，海生半梦半醒地在床上躺了整整两天。期间，体训队的老师来看过他一次，安慰的话都还没说完，就当场表示了惋惜，因为当时的海生一动不动，连眼睛都不怎么眨巴了，跟死了其实没什么区别。海生自己也觉得，除了手腕金色镯子下跳动的脉搏，自己确实是已经跟死了没什么区别了。海生的爸妈急坏了，开始送海生奔走于各大医院，但没有起色，又试了各种偏方，海生还是一副

第一辑 不要痛，这只是小意外

半死不活的样子。

海生这样的状态持续了一个星期，直到胡慧琳的舅舅，带来胡慧琳出事的消息——胡慧琳出国搭乘的轮船在海上出事了，好好的一大家子就这么没了。

海生猛然醒了过来，表情平静，然后自己揭开锅吃了三大碗饭，跟个没事人一样。海生的爸妈觉得，这孩子终于出息了一回，可惜海生的爸妈是啤酒厂的工人，不知道超出负荷的巨大悲伤需要缓冲，等海生走出家门，来到那一片胡慧琳送他镯子的海滩，这才号啕大哭起来。

海生是如此悲痛，以至于泪水在脸上结了两道痂，哭过之后，他决定，退学上船，用自己的一生陪伴消失在大海里的胡慧琳。海生将这个决定说出来之后，立马遭到了爸妈的反对，因为按照海生在长跑方面的天赋，如果一直练下去，未来绝对可期，到时候还不是要什么有什么。同时，学校也派出老师，对海生轮番轰炸做思想工作。但是海生铁了心要去海上，任谁也说不动。

海生的爸妈没办法，为了海生的前途，他们就把他锁在了家里。但是锁住了人锁不住心，海生对胡慧琳的思念愈发的强烈，朝着爆发的顶峰一点点儿酝酿。终于，在一个上午，海生撬开门，从家里逃了出去。

逃出去之后，海生去投奔一个在船上做水手的叔叔，他谎称自己的爸妈让自己来的，长时间漂泊在海上的叔叔也没怀疑，便带海生上了船。上船之后，因为海生上过中学，稍有文化，便被安排跟着老修理工学修船，海生学得飞快。

一晃半年过去了，在长时间的海面航行中，最难缠的其实就是孤独。每当海生孤独的时候，他就独自走上甲板，拿出吃饭时偷藏的馒头喂海鸟，他觉得，胡慧琳一定会化身为海鸟，在他的身边一直盘旋，盘旋……所以，他宁愿自己饿肚子也要把鸟儿喂饱。

逢年过节，海生也会在海上烧纸。

这样的日子，海生满意极了，觉得内心充实而干净。

3

如果不出意外的话，海生的日子会像他所在的轮船一样平稳向前，而他的人生，也会像他的叔叔一样，一个人在海上孤独终老。但意外来得太快，连躲闪的机会都不给他。

那时，海生已经登船一年了，成了正式的修理工，生活就像发条一样规律。但那天不知为什么，本该五点起床的海生四点就醒了过来，并且再也睡不着了，百无聊赖之下，他拿了点吃的，准备去甲板上喂食海鸟。

那时的太阳还在海平面以下，天空泛着一道鱼肚白，海生刚登上甲板，就发现一位矮个子女性乘客居然比他还早，此刻，女乘客正扶着围栏，背对着海生眺望远方。

海生从女乘客身边走过，准备喂食飞过来的海鸟，就在他从女乘客身边经过的那一瞬间，他愣住了，因为女乘客的侧脸很像一个人——那个他日夜思念的人。

女人的第六感是很强的，女乘客感觉到了海生的目光，朝海生转过身来。然后，两个人就都愣住了，那个女人，不是别人，正是胡慧琳。

此刻的海生突然扔掉了喂食鸟儿的食物，然后飞奔回了房间，将房门反锁,并将自己捂在了被子里,胡慧琳追到门外,不停地敲门,但不管她怎么敲,海生死活就是不开门。

　　海生万万没有想到,一个自己愿意牺牲一生的女人,居然编造了海难这种幼稚的谎言来欺骗自己。那趟航行结束之后,他就上岸了,不再去海上,也就是那个时候,海生把那个手镯取了下来。

　　说到这里,刘老爷子有些激动,咳嗽一阵之后,接着说道:"那个×养的,我哪点对不起她,她来骗我,那么大个镯子,我操起就扔海里去了,我觉着吧,对女人就不能太好,就该折磨她们……"

　　从刘老爷子的话里,我大概听出,他所谓的折磨就是去街边花钱找站街姑娘回家,然后让街姑娘帮忙洗衣、扫地,看得出来,刘老爷子对自己的"折磨"手段十分满意。

　　我问刘老爷子:"当初你们在甲板见面的时候,都没有说过一句话吗?"

　　刘老爷子有些生气:"那个×养的,一直在门外说什么听她解释,是个误会什么的,眼见为实,耳听为虚,有什么可说的?"

　　是啊,眼见为实,耳听为虚,我发挥自己的想象力,对着刘老爷子说道:"刘老爷子,你看,你是做编剧的,我开个玩笑,你别生气!假如,我是说假如,你看现在各种节目都是托儿,假如当初带来胡慧琳死讯的那个就是你爸妈请的托儿,是为了让你振作故意骗你呢,你觉得有没有这个可能?"

　　刘老爷子闭着眼睛躺在沙发上,似乎没有听我说话,突然,他猛然睁开眼睛,身手敏捷地站起来,从沙发下面掏出一个盒子,盒子里又是一个小盒子,小盒子打开,是空的,从印痕可以看出是装镯子的盒子。

　　"镯子呢?我的镯子呢?"刘老爷子急了。

看来这刘老爷子是老糊涂了,他刚才不是说把镯子扔海里了么。我提醒他:"刘老爷子!你镯子当年不是扔海里了吗?"

刘老爷子喃喃道:"没有!没有!我每天都掏出来看一遍的,昨天还在!一定是刚才那个×养的,偷了我的镯子。"

我这才想起,在进门时碰到的那个提着一包衣服的黑瘦女人,那个女人一定是刘老爷子请回来"折磨"的,趁机偷了刘老爷子的镯子。也就是说,刘老爷子的镯子一直舍不得扔,镯子在他身边,就像胡慧琳在身边一样。

故事结尾了,我不知道当初胡慧琳海难那个谎言是谁撒的?是胡慧琳自己呢,还是刘海生的父母呢?但有一点可以肯定,刘老爷子"折磨"女人失败了。而刘老爷子那虚伪的、漂浮了半生的梦,因为一个被女人偷走的镯子,破了。

如果能够放下一时之恨,哪里还会荒废这半生呢。

三、出家的人不许掉眼泪

出家的人不允许掉眼泪,现在你掉眼泪了,说明你尘缘未尽,还不到出家的时候。

1

太阳落山,鸟儿们叽叽喳喳地回巢穴,牧羊人在半空中抽出一个鞭花,牛儿们在放牛娃悠扬的笛声中安然归家,村口卖凉茶的大婶送走最后一个客人,正要收拾东西回家,一大一小两个和尚出现在村口。

大和尚四十四岁,法号释林,是不远处鞭子涯上灵隐寺的住持。小沙弥七岁,是释林前几天才收的弟子,法号还都没来得及取。因为连年战乱,灵隐寺已经被各大军阀毁得差不多了,释林躲在山洞中才逃过一劫，如今好不容易太平了半年，释林就离开鞭子涯，带着小和尚下山化缘来了。

夜幕即将来临，释林和小沙弥一前一后走在村外的羊肠小道上，突然释林停住了脚步，看着村口的凉茶摊出神。小沙弥一边走一边四处张望，没看见释林已经停了，就一头撞在了释林身上，一个趔趄磕在旁边的歪脖子树上，额头上立马起了一个大青包。

小沙弥皱着眉头揉了揉自己的小光头，疼得眼泪都掉出来了，责问道："师傅，你怎么突然停了？"

释林淡淡地说道："你现在已经是出家人了，记住，出家人不允许掉眼泪！"说完，释林继续上路，缓缓朝凉茶铺走去。小沙弥委屈地揉着脑袋，跟了上去。

释林走到凉茶铺前，卖凉茶的大婶已经麻溜地收拾完了，正拧干净抹布擦手呢，看见释林，便说道："师父，今天打烊了，要喝凉茶，明天再来吧！"

小和尚天真地说道："我们不喝茶，我们是来化缘的。"

"真乖！来，给！"卖茶大婶摸了摸小沙弥圆乎乎的脑袋，从满是补丁的围裙里掏出一些零钱塞给小沙弥。

小沙弥将零钱捧在手心里，脸上笑开了花。释林转过身，轻轻地离开，正如刚才他轻轻地走来，自始至终，释林都没有说过一句话。小沙弥道了谢，跟在释林后面走了，走到十步开外，释林突然转身问道："大婶儿！我想跟你打听一下，三十年前，这里有个卖茶的姑娘，去哪里了？"

大婶捋了捋袖子，露出粗壮的胳膊，笑着大声说道："我知道！你说的是那个卖茶的如花似玉的姑娘吧？早嫁人了！现在这里卖茶的没有姑娘，只有大娘了。"说完，大婶背着卖凉茶的家伙走远了。

释林也带着小沙弥走了,留下空无一人的凉茶铺在风中凌乱。夜风中,还可以听到小沙弥稚嫩但不服气的声音:"哼!师傅,刚才我脑袋撞痛了,你告诉我,出家人不允许掉眼泪。现在都没人撞你,你怎么还掉眼泪了?"

片刻沉默之后,又是小沙弥着急的声音:"哎,师傅,你今天是怎么了,来!我帮你擦擦!"

2

秋风中,我站在那个破败得只剩架子的民国凉茶铺子里,遥想着当年的故事。不远处的地块上,大型机械正夜以继日地作业,不消半月,这个只剩架子的凉茶铺就会像我脚下的泥土一样,被当作多余的东西装进渣土车里,而那个故事,恐怕也会被拔地而起的高楼大厦镇住,永世不得超生了吧。

想到这里,我的内心有点悲凉,于是加快了思维的速度,竭尽全力寻找线索,争取在所有情节化为尘土之前,让故事完整。

3

那一年春,释林七岁。那一年的释林还不叫释林,叫谩株。谩株的母亲心脏不好,谩株出生的时候,母亲难产,接生婆问:"保大还是保小?"

谩株的父亲吓傻了,半天说不出话来。见谩株的父亲拿不定主意，接生婆急了，再拖下去，大小都保不住，再说，谩株母亲的心脏不好，就算保大，按照那个时候的条件，谩株的母亲也活不了几年，于是，接生婆自作主张——保小！

谩株是生下来了，但不知什么原因，自幼体弱多病，药从来没断过，村里的小孩子都知道他是个"小药罐子"，都不跟他玩。而谩株自己也生性孤僻胆小，很难和其他小孩子玩到一起。

谩株出生的当天，村里一户姓林的人家也生了个女儿，取名吉英。吉英的父母在村口支了个架子卖凉茶，没有时间教吉英贤良淑德那一套，一来二去，吉英就成了远近闻名的野丫头。村里的小孩，不论男女，没有不被吉英欺负的。但奇怪的是，就跟磁铁异性相吸一般，吉英和谩株两个性格截然不同的小孩却很玩得来，谩株被同村其他小孩子欺负的时候，吉英都会帮忙出头，有吉英的保护，谩株也很少被其他小孩子欺负。

一天，地主家的傻儿子嚷着要骑马。那个年代，兵荒马乱的，壮丁倒是不少，马早就被杀了吃肉了，没有马，地主的傻儿子就让其他孩子给他当马骑，正好那天吉英帮家里卖凉茶去了，其他小孩子就怂恿地主家的傻儿子去骑谩株，谩株不敢反抗，只能用瘦弱的身体驮着地主家傻儿子肥硕的身躯，在一片刚刚被炮弹轰出来的废墟上攀爬，谩株一停，地主的儿子直接劈头盖脸就一顿打。

谩株的父亲看见了，想去帮忙，但被地主的老婆和家丁拦住：小娃子的事情，就让小娃子自己解决。谩株的父亲是个老实人，被欺负惯了，也只能干着急。

这时，吉英正好卖完凉茶回来，看见谩株被欺负，一个箭步冲上去就把地主家的傻儿子推了下去。地主家的傻儿子摔了个狗吃屎，哇哇大哭起来，地主的老婆急了，叫嚣着要撕破吉英的脸。吉英毫不畏惧，捡了个鹅卵石，一副要和地主老婆拼命的样子，地主老婆更生气了，正要动手，却被家丁拦住了。

家丁贴在地主老婆耳朵边小声说道："太太，这里大家都看着呢，我们大人欺负人家一个小孩子，说不过去，来日方长，我们可以秋后算账。"

地主老婆恶狠狠地点了点头，带着家丁，拖着傻儿子灰溜溜地走了，等地主老婆走远了，吉英这才放下手中的鹅卵石，去查看谩株的伤势。谩株虽然只是受了点皮外伤，但是受了惊吓，哆哆嗦嗦，好半天才开口，第一句话就是："吉英，你没事吧？疼不疼啊？"

吉英笑了笑："傻瓜！受伤的是你，我怎么会疼！"

几天之后，地主老婆安排家丁带着傻儿子去报仇。那天，地主的傻儿子和家丁潜伏在吉英的必经之路上，趁吉英过路的时候扔了两个鹅卵石，一个正中吉英的后脑勺，当时就血流如注，吉英倒在了地上。此事惊动了县长，最后，地主家赔了八个鸡蛋了事。

吉英命大，没伤着要害，在床上躺几天就没事了，八个鸡蛋，吉英吃了两个，偷偷送了四个给谩株，剩下的两个吉英藏了起来，准备留给爸妈。

那一年，谩株和吉英都六岁。

又一年春，谩株七岁。

冬天的时候，谩株染上了百日咳，在那个脓疮都会要命的年代，百日咳是要命的病。为了给谩株治病，谩株父亲变卖了家里所有值钱的东西，但谩株的百日咳还是越来越严重，都翻春了也不见好转。镇上的山羊胡子老医生给谩株下了最后通牒：谩株的精气神都散了，撑不到桃花开的时候。果不其然，谩株的身体越来越差，等到春雨纷飞，桃花含苞待放的时候，他就完全撑不住了，连呼吸都困难了。

从谩株生病开始，吉英就常常过来看望他，给他洗脸、熬药、敷毛巾，村里的人都调笑说谩株家不花一分钱，就给谩株找了个好媳妇。每当听到调笑，吉英都会红着脸走开，但是，在吉英幼小的心灵里，一颗种子已经生根发芽，随时会长成参天大树：只要谩株一天不痊愈，她就一直照顾下去。

随着谩株病情的加重，吉英去谩株家里也越来越频繁。那天，春雨绵绵，吉英戴着斗笠，小手捧着一小碗鱼汤去看谩株，但谩株没躺在床上，吉英急了，谩株的父亲告诉吉英，谩株被送去大夫家里看病去了，要过一段时间才回来。吉英没说话，走了，离开的时候没戴斗笠，头上飘了一层白色毛毛雨，也许这算是另一层面的一起走到白头吧，当然，吉英只是很单纯地对谩株好，这是两小无猜的友情，还没有到达爱情的层面。

看着吉英离去的背影，谩株的父亲叹了口气，无奈和悲凉在那一瞬间被吞吐干净，他咬了咬牙，终于下定决心，做出那个凄凉的决定。谩株的父亲面色惨白，确定吉英走远之后，他才回到房间，把用棉被裹着、藏在床底下的谩株拖了出来。之所以刚才谩株父亲欺骗吉英，说谩株不在，一来是因为谩株的情况实在很糟糕，怕吉英看了伤心；二来是因为吉英是个急性子，他怕吉英不懂事，阻碍谩株的最后一线生机。

谩株羸弱的身体裹在棉被里，在睡梦中喃喃道："吉英……吉英……"

谩株的气息越来越弱，谩株的父亲心一狠，连着被子一起，将谩株背在背上，用棕榈蓑衣将谩株严严实实地盖了两层，然后戴着斗笠走入雨中，沿着泥泞小路朝村口走去。泥泞的小路又湿又滑，小路两边含苞待放的桃花正贪婪地吸收着雨露，春雨过后，桃花就要开了，按照山羊胡子的话，桃花开的时候，谩株就不在了……想到这里，谩株的父亲加快了脚步。

谩株的父亲背着谩株出了村子，来到鞭子涯，鞭子涯的山路如同盘着的鞭子一样蜿蜒，一路上到处是峻峭的石头，石头上布满了新长出的青苔和地衣，让人很难走稳。

突然，谩株父亲一脚踩空，摔破了膝盖，疼得冷汗直流。当年谩株出生之时，接生婆那句"保大还是保小"在他的脑海里不断盘旋，将他压趴了，他的脸几乎贴在了脚下冰冷的石头上。但是，他还不能趴下，因为他还能感受到背上谩株呼吸传来的热气。谩株的父亲咬了咬牙，顶住膝盖钻心的疼痛站了起来，将头上的斗笠拿掉扔下山崖，将背上的谩株捆严实，一瘸一拐地向前走去。

转眼就到了傍晚，灵隐寺的钟声响彻鞭子涯，雨还没停，谩株也还有生气。谩株的父亲推开灵隐寺的门，闯了进去，此时，灵隐寺唯一的和尚兼住持贾和尚正在菩萨面前念经，丝毫没有受到谩株父亲闯入的影响。

谩株父亲扑通一声跪在地上，哀求道："贾和尚，我求求你，你救救我家儿子吧！只要你肯救我儿子，我这辈子给你做牛做马报答你……"说着，谩株父亲竟"砰砰"地磕起头来，才几下额头就鲜血直流。

贾和尚赶紧放下手中的木鱼，拦住谩株父亲。询问之下，谩株父亲才说明来意：因为谩株病入膏肓，危在旦夕，方圆百里的大夫都没办法，他想把谩株送到灵隐寺剃度出家，希望菩萨能保佑谩株，帮谩株渡过难关。

贾和尚听了之后，帮忙把谩株接下来，放在面前的破桌子上，安慰道："施主，你先坐，你既然把儿子送到灵隐寺来了，菩萨自有安排。"

谩株父亲哪里听得进去，又到菩萨面前"砰砰砰"地磕头。

贾和尚摇了摇头，去厨房弄了点斋饭，让谩株父亲趁热吃了，然后，贾和尚又若无其事地开始念经。说来也奇怪，没过多久，谩株居然醒了，还嚷着说肚子饿，要吃东西，谩株父亲欣喜若狂，又跪在菩萨面前"砰砰砰"地磕起头来。贾和尚拿了些供果让谩株吃了，然后按照谩株父亲的意愿，给谩株剃度出家。

谩株虔诚而安静地跪在菩萨面前，贾和尚洗干净剃刀，点燃烫戒疤用的香，谩株闭着眼睛，双手合十，心如止水。大病一场之后的谩株十分懂事，他明白：如果不剃度出家，自己也许就活不下去了。如果剃度了，那就不能再和吉英一起玩了，现在不能，以后更不能，想到这里，不知怎么的，在剃刀即将落下的那一瞬间，谩株的眼睛不受控制地流出两行清泪。

贾和尚手里的剃刀停住了，他叹了口气："出家的人不允许掉眼泪，现在你掉眼泪了，说明你尘缘未尽，还不到出家的时候。"

谩株父亲急了，又跪下了："大师，求求你……"

贾和尚衣袖轻轻一挥："你带着谩株放心回去吧，他现在没事了！"

谩株的父亲虽然犹豫不决，但还是听了贾和尚的话，连夜背着谩株离开了灵隐寺。天黑了，鞭子涯的石头山路地面依旧湿滑，而且只能看见一点儿模糊的轮廓，但从灵隐寺出来之后，谩株的父亲脚下再也没打过滑,尽管如此,谩株父亲背着谩株回到家后也已经是凌晨三四点钟了。

第二天,春雨过后,村里的桃花竟然全部盛开。谩株也一大早就醒了,而且恢复神速,居然可以下床了。谩株的父亲累了一夜,还在酣睡,谩株安静地起床,一个人走到村口,映入眼帘的是村口那片绯红的桃花。空气有些微凉,谩株打了个喷嚏,深深地吸了口气,他已经很久没有畅快地呼吸过了。

谩株伸了个懒腰,折了一串桃花,给吉英送过去。

5

又几年,春。谩株十三岁,吉英也十三岁。

自从去了一遭灵隐寺之后,谩株仿佛是换了个人一般,从弱不禁风变得活蹦乱跳,再也没生过病,如今已经长成了一个精干的小伙子。虽然家里穷,穿得破旧,但看上去精神抖擞,吉英也不再是那个"野丫头"了,她出落得美丽大方,加上学会了打扮,遇见挑担子的温商也都会买点小姑娘的东西,现在的吉英,已经是一个如花似玉的大姑娘了。

这时候,吉英和谩株已经情窦初开,两人独处时的那种感觉,已经变了,由小时候在一起时的那种单纯的快乐,变成了有着无限期盼的那种安稳。不论何时何地,少男少女那种微妙但妙不可言的情愫,总是徜徉在两个人的心田里。也不管见与不见,两个人的心里都被对方填满了,再容不下除此之外的任何东西。在大家眼里,吉英和谩株是天造的一对,地设的一双。

吉英在帮家里卖凉茶,而谩株跟着父亲一起在地主家做短工。因为谩株聪明机灵,而地主家的傻儿子连路都不会找,于是,地主家便大方了一回,以一个长工的价格,让谩株给傻儿子作陪读,每天陪着地主家的傻儿子上下私塾。

谩株把自己的工钱全都存了起来,他想着等再长大些,他要用这些钱,光明正大地娶吉英过门,过上日出而作,日落而息的美好生活。

虽然是陪读,但谩株在私塾里学得很认真,常常有所收获,所以,他作陪读后也常常去教吉英识字。每次一有空,谩株都会吹响用洋槐树叶子做的口哨,吹两声代表想和吉英见面,吹三声代表教吉英认字。吉英帮家里卖凉茶的时候,耳朵随时都凝听着,期待着谩株口哨的响起。

这一天初夏,天气炎热,吉英家卖凉茶的生意正好,地主家的傻儿子也来喝凉茶了,他臃肿得像麻袋一样,一来就用一双小眼睛盯着吉英乱看,一边看一边流口水,脖子上的口水兜兜打湿了,而且还不时地发出舒服的"呵啊"声。吉英被看得有些生气,正好这时,谩株的口哨声响了起来,吉英便急急忙忙地收拾了一下,丢下手中的事情去"老地方"找谩株去了。

所谓的"老地方"其实就是村口湖边。谩株身上穿了一件从私塾老师那里借来的中山装,正坐在一块石头上,吉英笑嘻嘻地,从谩株背后轻脚轻手地走过去,然后轻轻捂住谩株的眼睛,神秘兮兮地说道:"猜猜我是谁?"

谩株没有说话,嘴角微微一勾,然后温柔地将吉英的手拿下来,转过身来面对吉英。吉英跟谩株面对面,被看得有些脸红,将头扭向一边,谩株轻轻一搂,将吉英拉过来,和自己并排坐在石头上。

第一辑 不要痛，这只是小意外

吉英的脸红得像熟透了的石榴，低头抠着自己的手指。

谩株从未见吉英如此害羞过，看得有些醉，傻傻地问："吉英，怎么了？"

吉英飞快地将一团红布塞在谩株手上，然后转过头去，背对着谩株，脸更红了。谩株看着手上那团红布，里面似乎是花纹，于是一边打开红布一边说道："这是干吗的啊？"

吉英佯装生气："笨蛋！这个都不知道！不理你了！"

只一会儿，谩株手上的那团红布就被打开了，只见红布四周镶着金色流苏，中间绣了一个大大的"囍"字。谩株马上明白了，这是红盖头，到时候，吉英会戴着红盖头，踏过自己家的门槛，成为自己的新娘。

看着吉英还在"生气"，谩株指着不远处两个并在一起的桃子说道："吉英，你看，那个像什么？"

吉英转过头来，看了半天，也没看出个所以然，便问谩株："像什么啊？"

谩株嘿嘿一笑："像不像两个白白胖胖的双胞胎？"

"你坏！你坏！"吉英的小手捶打着谩株宽阔的肩膀。

"哎呀！"谩株惨叫一声，表情痛苦。

吉英慌了，赶忙停手，问道："怎么了？"

看吉英慌了，谩株脸上痛苦的表情变成一种得逞的笑。吉英马上明白刚才谩株是装出来的，作势要打，谩株爬起来就跑。

两个人就这样天真烂漫地追打起来。

6

又一年春，又到了桃花含苞待放的季节。

过去的一年，吉英的父母双双病倒，凉茶铺全靠吉英一个人忙里忙外，谩株和吉英的婚事，本来定在重阳，但因为吉英的忙碌，于是一推再推，一直推到了这一年的春天。这时，吉英父母的病也随着天气转暖渐渐地好了起来，于是二老便拉着谩株的父亲商量，春分的时候把吉英和谩株的婚事给办了。

于是，接下来的几天，吉英和谩株都陷入了甜蜜的等待，那时的一日仿佛是十年。

然而，幸福总不会那么轻易地遂人愿，命运也似乎不肯妥协，就像当初羸弱的谩株身体莫名其妙地变好一样，这一次，身强力壮的谩株突然生病了。而且谩株的这场病摧枯拉朽，还似乎比任何时候的都厉害，只三天，谩株就躺在床上说不出话了，只能靠眨巴眼睛和喘气来交流了。谩株觉得挺不住了，于是用手势让父亲把吉英叫到跟前，将积攒多年的工钱交给了吉英，然后眼睛眨巴，不停喘气，嘴里支支吾吾。

吉英当时就哭了，她听出来了，谩株是让她重新找个好男人嫁了。

谩株的父亲看得心酸，找上吉英的父亲，一起赶了一天一夜的路，找到镇上那个衰老得不行的山羊胡子老医生。老医生摸了摸脉象，摇了摇头，然后让把谩株赶紧抬走，怕死在自己的地盘上沾晦气。

将谩株抬回家之后,谩株已经只有进去的气,没有出去的气了。谩株父亲也曾想过,像谩株七岁那年一样,送他剃度出家,或许能撑过去,但后来想想也觉得算了,让谩株出家,等于活生生地拆散了谩株和吉英。他的儿子他是了解的,对谩株来说,和吉英分开,比把自己杀了还痛苦。

于是谩株父亲打定了主意,就让谩株这样安静地走吧。趁着谩株还有一口气,谩株父亲去了吉英家,对二老说了声对不住,然后就恍恍惚惚地去镇上找道士先生了。

等谩株父亲带着道士先生回家的时候,家里的谩株已经不见了。村口的老刘头告诉谩株他爹:"你刚去镇上找风水先生后,吉英就过来了,背着谩株出村子去了,好像是朝鞭子涯灵隐寺那边去了。说来也怪,吉英一个女娃子,谩株那么个大个头都背得动,我年轻时候也很能背,磨盘大的石头……"老刘头有一搭没一搭地侃起来。

得知谩株被吉英背去了灵隐寺,谩株父亲象征性地给了点钱,打发道士先生去镇上。之后,谩株的父亲搬了个条凳坐在了村口,坐在上面一个人默默地流眼泪。春雨来了,飘在谩株父亲的头发上,白茫茫的一片。

鞭子涯的道路依旧蜿蜒,蒙蒙细雨中,吉英背着谩株,走在峻峭湿滑的石头小路上,一步比一步艰难。尽管谩株比平时瘦削了许多,但对于吉英一个女人来说,依旧压得她喘不过气,但越沉重,吉英的心里越幸福,因为,她曾听人说过,人死了是要变轻的。

吉英咬了咬牙,继续迈开沉重的步子,她不知道自己还能走多远,但走一步算一步,除非她从鞭子涯滑下去摔死了,不然她一定会把谩株送到灵隐寺里。

夜幕来临之前,雨停了,吉英终于将谩株送到了灵隐寺。放下谩株的那一刻，吉英因为过度劳累晕了过去。

等吉英醒过来的时候，谩株的头发已经被剃了一半了。谩株的身体虽然依旧瘦削，但从他神采奕奕的眼睛和白里透红的脸色来看，已经问题不大了。

"那个人本该是我的丈夫啊！"吉英忍住内心的悲怆，走到谩株对面，用尽全身力气勾勒出一丝笑容。

谩株看着自己的头发一点点儿飘落，<u>丝丝缕缕</u>。

他和吉英的过去，现在全都不复存在了，谩株的心里泪如泉涌。但他知道："出家人是不允许流眼泪的！"所以，当吉英用尽全身力气对他勾勒出笑容的时候，他一脸平静，双手合十，安静得像身旁的木鱼。

吉英在灵隐寺的柴房睡了一晚，然后就下山了，从此再也没见过谩株。

吉英听人说，谩株果然有菩萨保佑，才当和尚一个月，身体就痊愈了。而谩株剃度出家之后，也逼迫自己把过去连根拔起，然后用佛经清洗得一干二净。

因为吉英姓林，所以他被赐名释林。

这些年来，吉英一直也都有人追求，但她一个都没答应，她不知道自己在等什么，只知道自己该等。

谩株出家之后，她也偷偷翻过佛经，看到："我愿化成一座石桥，经受五百年的风吹，五百年的日晒，五百年的雨打，只求她从桥上走过！"吉英总算明白了，自己在等什么……

还好，吉英没白等。

7

一晃三十年。

天色向晚,吉英正麻溜地收拾着凉茶摊,释林带着小沙弥过来化缘,化完缘就走了。走到十步开外,释林突然转身,问道:"大婶儿!我想向你打听一下,三十年前,这里有个卖茶的姑娘,她去哪里了?"

吉英觉得,自己在他心里,一直是个如花似玉的姑娘该多好,于是吉英故意露出粗壮的胳膊,笑着大声说道:"我知道!你说的是那个卖茶的如花似玉的姑娘吧?早嫁人了!现在这里卖茶的没有姑娘,只有大娘了。"

释林带着小沙弥走了,留下空无一人的凉茶铺在风中凌乱。夜风中,还可以听到小沙弥稚嫩但不服气的声音:"哼!师傅,刚才我脑袋撞痛了,你告诉我,出家人不允许掉眼泪。现在都没人撞你,你怎么还掉眼泪了?"

片刻沉默之后,又是小沙弥着急的声音:"哎,师傅,你今天是怎么了,来!我帮你擦擦!"

释林恍然明白,如果自己七岁剃度时没有掉眼泪,自己就会留在灵隐寺,自己和吉英之间就只有友情,而不会有之后如此凄苦的爱情。释林叹了口气,摸了摸小沙弥的头,拭去脸上的泪水。

出家的人不允许掉眼泪!

四、妖精一样的女人

你是一个妖精,一个可以杀伐决断的妖精……

1

曼莉绝对算得上是一个美女,与很多美女不同的是,她被人称之为小妖精,既然是小妖精,就得找到能陪她一起修炼之人。算命大师说她命中的小妖怪住在南山南,能否遇到很难说。

这世上,很多的事儿,我们能猜中开头,却猜不透结尾。

写下这样的开头,我惴惴不安地发给曼莉看,问她满意不。她笑笑,是漫长又断断续续的笑,我心里有些发麻,随即发了一个战栗的表情过去。她停顿了一会儿,忽然洒脱地抛过来五个字——随你怎么写。

我立刻回了一句话：那就好写了。

其实，这是宽慰自己的话，真的不好写。我该如何去描述一个妖精一样的女人，并且还是一个看起来坏坏的、邪邪的、风骚的……却又善良的女妖精呢？

很残酷的现实正摆在曼莉面前，她已经三十三岁了，还没有找到能陪她一起修炼的小妖怪。

凌晨三点，在小南洋酒吧门口，小妖精痛哭流涕，她边咒骂边疯喊："回来，你这个浑蛋，我爱你！"

酒吧里依然热闹，没有人会在意这样的场景，或许是出于司空见惯，或许也是麻木无知觉。爱，在酒吧门口说出，是多么的微弱无力啊！曼莉蹲在一棵大叶女贞树旁，面色发红，满嘴酒气。

眼前走过一对男女，看起来像是一对情侣，女的长相姣好，身材凹凸有致，走路的姿势一扭一摆，如杨柳风。男的手掠过女的腰际，如老蔓藤缠绕娇嫩的花枝，这就是城市酒吧街的一道独特风景，你以为的都会成为你以为的以为，你不以为的也会成为你以为的以为，它们构成了现实与虚幻的纵横交错，在光怪陆离中绽放出异样的色彩，这正如女的在行走一段距离后的回头一望，那一晃而过的怪异表情，竟然没有逃过曼莉的眼睛，她不生气，只是回敬了她一个看不懂的表情。

只是，谁会在意这些呢？除了像她这样的挫败者。不久，从小南洋酒吧里走出一个短发女人，她是曼莉的闺蜜姚瑶，南方女子，却性格泼辣。她挺了挺胸脯，快步向前，拽起曼莉，大声嚷道："继续喝啊！你不是要买醉吗？我陪你！"

而此刻的曼莉，已经摇头晃脑，喉咙一阵瘙痒后，吐了姚瑶一身。

"你个大女人，小妖精，我的Maxchic裙子呀！你得赔我……"

"赔赔赔，我连人都赔给你，够了吧！"曼莉话音刚落，又是一阵狂吐。

姚瑶捂着嘴巴和鼻子，眼前浮现出这三年来的一些场景，每次曼莉落寞的时候，她都坚定不移地陪着她，唱情歌、喝醉酒、拽回家，用她自己的话来说，就是典型的"三陪"。

她知道曼莉心情不好，她愿意陪着她一起走，就算跌倒要趴在地上尽情地哭上一阵，再继续往前走到另一家酒吧接着喝，她也愿意。

"姚瑶，我还要喝，只有酒才不会伤我的心。"曼莉满嘴冒酒气地说着，这时一辆白色的卡罗拉驶向她跟前，从慢摇而下的车窗探出一个脑袋，这是赵英俊，姚瑶的男朋友，看到披头散发的曼莉，他摇摇头，心里嘀咕："现在的女人都怎么啦，真的好出格……"

曼莉的这般表现对姚瑶来说再正常不过了，失恋去酒吧的日子都赶得上每月身体不适的日子了。当然，失恋这事也要看怎样去看，有的时候，根本就不算失恋，曼莉才与对方几个照面而已，但情绪却不同了。妖精若动情的时候，比谁都有情，做妖还是凡人，曼莉选择了后者。

姚瑶和曼莉很不一样，她对失恋的处理方法是：睡一觉后，等待日出就好。

这是六月的季节了，整个城市热浪翻滚，人难免急躁。曼莉的失恋事件已经持续一星期了，还没有结束。这七天的时间里，几乎每晚都是姚瑶把她塞进车，再送回到店里，第二天中午再打开店门，叫醒她，喝上一碗粥。

姚瑶觉得，这七天的时间就像一个学不会游泳的人在池子里折腾了七天一样。不能再纵容曼莉了，于是，当曼莉再一次打电话给她的时候,她心里一横,果决挂掉,随后在几秒时间里,她又做了一个决定——给曼莉发短信。

"曼莉,我现在外面办事呢?抽不开身,你啊,就去我家里好好地泡个澡,然后去'伊人部落'做个全身美容,做完后,去万达影院看一场电影,记得多买些零食,千万别再去酒吧瞎折腾了啊,我过两天就回来。"发完短信,姚瑶叹了一口气,随后手机设置成了静音。

赵英俊在前一天给姚瑶打了电话,说要回来,他是做外贸生意的,经常全世界飞,每次回国的日子,姚瑶都非常珍惜。

姚瑶开着车去了机场,她今天打扮得非常性感,淡蓝色的吊带连衣裙,由于在胸前的位置加入了层层叠叠的荷叶边,再配合着包臀的裙摆,姚瑶的身材曲线得到强化,尽显出丰满的上围和纤细的腰身。

两人一见面就来了个拥抱,赵英俊盯着姚瑶看,眼里似乎要喷出火,姚瑶妩媚一笑。对于眼前的这个男人,她一直很爱他,也相信他,虽然分开的日子居多,但彼此内心都充满了渴望。这种渴望,用他们自己的话来说就是一首歌——《爱如潮水》,平静的时候,静静地去等待,波涛汹涌的时候就尽情释放。

这或许也是一种爱,不一定要天天黏在一起,但在一起的时候,彼此就彻底交付于对方。姚瑶从没有提过要结婚,赵英俊却说在三十岁那年就娶她,不管这句话是不是一句我们都以为的哄骗之语,但姚瑶的内心是记下了。

他们去了一家高档餐厅,这时候,姚瑶竟然鬼使神差地拿出手机朝屏幕一瞥,之后心里一惊,"这妖精女人到底要干吗,五个电话,六条短信。"她忍不住手指滑动屏幕,那短信内容句句充满了可怜的感叹词,其中的一句是"我好饿,又吃不下,我没办法一个人去做美容,一个人去看电影,一个人……"

"真是一个作家的料,可惜从不写书!曼莉啊!你什么时候才能恢复如初?"姚瑶心里暗暗说道,同时嘴角微微上扬。

"怎么了?"坐在对面的赵英俊观察到了姚瑶的表情。

姚瑶无奈地叹了一口气,耸了耸肩说道:"是曼莉,她……"

赵英俊没有说话,而是转身向餐厅服务员招手。

"多加一份碗筷!"他这才说道,"对了,再来一份招牌菜。"

姚瑶望着赵英俊,笑了笑,"你真好。"

"我本来就很好啊!"赵英俊脸上露出自夸的表情,"你才发现啊!"

姚瑶嗲嗲地说道:"是呀,是呀,没有发现的还很多,这次我可要仔仔细细地去发现哦!"

曼莉来的速度很快,才一会儿工夫她就过来了。但她坐上桌,吃饭那会儿,却不怎么吃饭,只一直把那罗宋汤当作忘情汤来喝。她是摩羯座的,按照她自己的说法,会在一段时间里没有任何追求,尤其是在夜晚的时候,她会借酒消愁,尽情地放纵自己,麻醉自己的神经。

可人有的时候就特别奇怪,明知道自己的缺点,却根本就不想去改正。也许,最好的生活就是活在自己的世界里;也许,只有时间才能真正地疗伤。

赵英俊从来没有安慰过曼莉,他甚至觉得这个女人不是一个好女人,但,他从不向谁提及,包括姚瑶。

在万达电影院,曼莉就坐在姚瑶和赵英俊的旁边,她抱着一大桶爆米花,一边看着电影,一边像老鼠一样吃着,那嘎吱声与银幕里的笑声混在一起，竟然有一种说不出的美妙感。

出了影院，曼莉并没有打算回家的意思，她像木头人一样紧跟在姚瑶的身后。

姚瑶有些无奈，问道："要不，也给你开一间房？"

她点点头，"好啊！要大床的那种。"

赵英俊和姚瑶已经有很长时间没有见面了，两个人都有一种火一般的期待，现在，曼莉"夹杂"在其中，让两个人感觉那火的燃烧有些异样。

半山坡酒店，三个人，两个房间，相隔并不远，就在对面。

不过是十来分钟的时间，门铃就响了。刚洗完澡的姚瑶裹着浴巾开了门，身上还散发着沐浴露的香味儿，满脸桃红地看着她说："不是给你安排房间了嘛，还是有大床那种的啊！你……怎么……"

曼莉眼睛湿漉漉地眨了一下，悲情地说道："你们，完事了吗？"

姚瑶肩膀一怂，瞪了她一眼："完事，完……什么事啊！根本就还没来得及开始啊！"

"……"

"……"

赵英俊一声不响地用胳膊搂住姚瑶，躺在床上无聊地看着电视机里播放的新闻，姚瑶也没有说话，望着天花板有些发呆，曼莉则把沙发移到他们的旁边，然后靠在背椅上抱着枕头看新闻。

房间里有一种出奇的安静，除了电视里发出的声音。

时间分分秒秒地过去了，竟然都没有换台，在这种无聊的场景里三个人居然相安无事，最后都沉沉睡去。

2

还在路上的姚瑶就收到曼莉发来语音消息:"亲爱的,晚上去喝酒吗?"

姚瑶心里咯噔一下,头脑里的第一条件反射就是"这死妖精又失恋了",接着,她又叹了口气,"我的人生,她的人生又要醉了!"

是的,失恋的人生,醉酒的人生仿佛已经成为我们人生中的一道五味杂陈的风景,但这样的风景时常出现在你眼帘里,并且还要吞之、咽之,姚瑶顿感自己的心犹如放置在冬日的北极里,她忍不住打了个寒战。

姚瑶瞅了一下街道旁的一家服装店,那电视墙里正放着"999感冒灵"的广告,一句"感冒的时候,人很难受,很虚弱,特别需要有个朋友在身边……"忽然让她觉得曼莉其实挺需要自己的。于是,她停下了前进的脚步,叫了一辆车。

大约十五分钟后,姚瑶就到了曼莉家的楼下。她掏出了手机,想先打个电话,但犹豫了一会儿,还是放弃了。

电梯入口,她按下了上升键,不一会儿电梯门就打开了,她走了进去,在金属的光泽里,她看到了自己的柔美,也看到作为女人的哀愁。就像曼莉,她来到这座城市已经三年,在爱与哀愁里有两个灵魂的恋恋不舍,但到最后都选择了分离。

可分离不就是人生的常态吗?那些作古的泪沾襟只能是怯懦的表现,谁都有失恋过,差不多也就得了,绝不能在这个坎上永远装睡啊！所以，姚瑶决定痛骂曼莉一顿，语言最好是最恶毒的那种！

门是虚掩着的，好像从来就没有关闭过。

姚瑶到了曼莉家里，兜头而来的是一屋子的幽怨、抑郁，险些让她窒息，她看见曼莉斜躺在沙发上，穿着睡衣，头发乱蓬蓬的，手里拿着什么东西在发呆。

"你这是在干吗呢？一个人在家里也不锁门，还穿成这样，就不怕色狼进来非礼你呀！"姚瑶一边发话，一边自己找拖鞋换，但一看乱糟糟的屋子，索性也不换了，然后，她走到曼莉跟前，蹲下，捧起她一张呆滞的脸。

须臾间，曼莉呢呢喃喃道："这世上有没有一种烈酒，负心的人喝了就可以回心转意，他喝过的伏特加可以的对不对？"

姚瑶吓了一跳，本来在车上就想好的台词被闪吓回去了。她用右手轻轻拍打她的脸颊，"曼莉，曼莉……你没事吧，是不是犯糊涂啦？"她一边说着，一边用一只手拿下曼莉手中的一缕头发，不用说，那就是负心男的。至于是如何在手中，她的脑海里竟能清晰地浮现出两人当时大吵大闹的场景——整个华丽的房间，再也没有爱的气息存在。

有时候爱会在一瞬间急速消逝，替而代之的是火山爆发般的争吵。家的房间成为沙漠疯狂派对的平台，咬牙切齿的语言，再多的爱都化作一句句的致命伤，当我想站在你身前抵挡下不断兜头而来的风霜刀剑时，你却还站在恨的一边一刀刀地捅向我。

想到这里，姚瑶禁不住哆嗦了一下，她似乎明白了曼莉为何这么作践自己了，有多爱就有多恨，有多纠缠就有多舍不得。她再次用手拍打她的脸颊："我觉得你还是做回你的妖精好些，为了那个负心男人你都不再是你自己了，你给我听好了，你是一个妖精，一个可以杀伐决断的妖精……"

"妖精……妖精……"曼莉回忆了一下,就在半年前她还是一个让人迷、醉、生、死的妖娆女人,兜兜转转的都是他人的前赴后继,可是在去丽江的旅行中,发生了一件足以改变一个女人世界观的事儿,现在,变成她为别人兜兜转转了。

那时,天空蔚蓝,行者羁绊,曼莉独自一人行走在丽江的小街小巷里,和那些喜欢热闹的旅人相比,她这会儿选择了宁静,有时候宁静就是找一僻静之地,就跟去西藏为朝佛,可不一定就是真正地朝了佛,心不在,怎么朝拜也无用。倒不如寻一僻静处,没有旁骛地去虔诚,从俗流的,都是玷污了"朱弦绛鼓馨虔诚"的美韵。

她就这么慢慢地走着,一家古朴的小屋引起了她的注目,她就这样旋地一转身,脚步轻盈,身姿柔美,在欢喜佛前,明眸轻眨。她看到,此刻的欢喜佛前,一素衣男子注目不移,神情略有所思,让她忍不住地想多看几眼。

据说,欢喜佛是属于藏传佛教密宗的本尊神,即佛教中的"欲天""爱神",两者相遇,皆大欢喜。现在,她和他或许就要皆大欢喜了,因为,像曼莉这样的妖精女人,一旦动心,就会穷追不舍,堪比一头凶猛的狮子。

这其实并不夸张,搭讪对于她来说就像电影里李小龙暴捶东洋人一样。但,站在欢喜佛面前的男人不是东洋人,而是风景如画的杭州人,名叫吕进。刚知道他名字的那会儿,曼莉差点儿笑喷,她半开玩笑地说:"是铝合金的铝吗?"

吕进手腕上的那个"圆圈"真的是铝合金做的呢。见过人戴各种材质的手镯,戴铝合金材质的还是头一次,难怪曼莉要咋呼了。

对方没有生气,反而淡然一笑。

之后,双方留了微信。

之后,两人一起畅游丽江。

回到各自的城市后,两人情难断,他们都说这是欢喜佛牵的缘。我却不这样认为,不管年纪多大的女人,只要那颗少女心萌动,就胜过缘分,何况,有哪个男人能轻易逃脱妖精一样的女人的"魔掌"呢?

故事继续向前,再后来,曼莉和吕进住在一起了,中年女人的情感就这么在这一年,在城市的喧嚣和落寞中激情上演。

拉回现在。

曼莉苦笑了一下,突然对姚瑶说:"你有什么办法可以很快地忘掉一个人呢?"

姚瑶心里一惊,她知道说这样话的人,一般到最后都是忘不掉对方。"没有,除非你自己愿意去忘记,否则,就算喝死也不行,所以,你还是不要再去喝酒了。"

曼莉望着天花板发了一会儿呆后,突然起身,以最快的速度完成了梳妆打扮,然后拉住姚瑶的手说:"走,我们去喝最后一次酒。"

姚瑶轻叹一声,道:"这怎么可能是最后一次?"

小南洋酒吧,是这两个女人常去的地方,严格地说,是曼莉常去的地方,姚瑶大多时候都是陪客。

两个女人坐在车上,吹着晚风,唰唰唰的车流声,在沉寂了的夜色里显得那么的浮躁,只要静下心来聆听,你仿佛就可以听到有那么多的人是急躁不安的,很显然,曼莉也属于其中一位。

小南洋酒吧的附近是个居民区,再远一点儿是一家国际旅行社。这样的搭配很容易造就一些故事的发生。

两个女人在这家国际旅行社门前下了车,只要再往右步行几分钟就可以到小南洋酒吧。这时候,从旅行社里面走出来两个人,一男一女。男的西装革履,头戴毡帽,眼神忧郁,看上去像是在之前经历了一场情感战争,在小归平静后显得欲言又止。女的穿着红色上衣,脚踏红色高跟鞋,从曼莉身边径直路过,没有看她一眼。由于女的速度较快,与男的距离逐渐拉大,他追了上去,想拉住对方的手,女的回头淡淡地一语:"我希望你能明白,无论以后怎么样,有什么事,你都不要再联系我了,可以吗?"

"你是怕我影响你的生活吗?"

"我是想让你忘记我,也想让你早点好起来,你就当我从来没有出现在你的世界里,这样你就能很快痊愈,再说,我也会很快忘记你的,这样两全其美的结局,多好啊!"

"你真的忘得了吗?四年的感情怎能说忘就忘?"

"我当然能忘得了,"她两眼一瞪,斩钉截铁地说道,"你理智地去想想,如果我嫁给另外一个男人,心里却想着你,我又怎么能过得幸福呢?"

"那你告诉我你是怎样忘掉我的,我也试试!"

对方一丝惊讶掠过,一时没有了言语。

其实,不只是那女的惊讶,无言语,与之同时,曼莉也是如此,她甚至比眼前的女人更惊讶,因为,这样的对白是多么熟悉啊!曾经就发生在她的身上。

到现在不也没有忘记吗?

女的叫小倩,不是《倩女幽魂》中的小倩,那个小倩更懂深情。男的也不是《倩女幽魂》中的宁采臣,比不上他的一往情深,但在现实生活中也显得难能可贵。从他们的最后告别中,知道了他们的

第一辑 不要痛，这只是小意外

名字。

"宁采臣，好有意思的名字。"曼莉心里轻说了一句，然后，就和姚瑶扭着腰肢进了小南洋酒吧。

不久，宁采臣也疾步进了小南洋酒吧，奇怪的是，他竟然和曼莉打了个照面，之后就去跳舞了。曼莉在音乐的喧闹声里没有顾上多想，倒是姚瑶无心的一句话引起了她的关注。

姚瑶说："哎，这是一个有故事的男人哟，可惜……感情生活好像不太顺……"

"看背影还不错，要不我过去和他一起跳舞？"刚才仅是快速的一照面，再加上有毡帽做掩饰，对方的模样不是太清晰。

这是宁采臣第一次来到酒吧闷骚。

他跳舞跳得很疯狂，舞步也很凌乱。

他之前很少喝酒，很少跳舞，就算喝、就算跳也是和小倩在家里。

现在，他不过是想让自己稍微好过一点儿，却又觉得自己依旧像一个苦行僧蜉蝣般地活在滚滚红尘中。

曼莉的舞步很优美，她和宁采臣的距离越来越近，最后，仿佛就有了一种似曾相识的熟悉感了，再最后，他和她走到吧台，跟调酒师点了一杯龙舌兰日出，一旁的姚瑶则要了一杯清水，这些日子，她害怕酒了。

龙舌兰在杯子的最上层，要最后才能喝到酒的味道。其实，曼莉是一个心很细的女人，她并不喜欢喝这样的鸡尾酒，却不知道为何，就能猜透宁采臣要点的就是龙舌兰日出。她歪着头仔细看着这杯酒的颜色，心却忽然跳动得怦怦直响，她在心里莫名地想着自己脸红的模样，"这么久都没有勾搭帅哥了，竟然还有些不好意思呢!"

老实说,曼莉此刻的样子真的好美,灿若桃花。但是,在心里映出的模样比现在还要美千万倍,她轻轻地品尝了一口,然后,若无其事地把手机留在了吧台上。

然后,曼莉就拉着姚瑶一起去舞池疯了起来。

3

很多故事的发生其实都是有缘由的,而结局无非三种。若用词语概括就是:一喜、一悲、无果而终。

曼莉和宁采臣的故事,其实也是一个手机引发的磕磕绊绊。

曼莉和姚瑶跳着贴面舞,心里却有些心不在焉,她的眼神时不时地就往宁采臣那边看上一眼。二十多分钟的时间过去后,她发现这个宁采臣真的有些不可理解,他根本就没有要过来的意思,她有点把持不住了,正想直楞地过去揪他过来,可宁采臣整理了一下毡帽,竟准备起身离开了。

曼莉立刻着急起来,也不顾姚瑶的制止——她的意思很明显,勾搭帅哥不能操之过急,但曼莉是妖精一样的女人啊!她哪顾得了这么多?

她赶紧跑了过去,吧台上的手机不见了。

"哼!不见了!有意思……"曼莉嘀咕着,追了出去,"嗨!帅哥,你能不能等我一下?"她气喘吁吁。

宁采臣像是没有听见似的,径直往前走。曼莉眼睛一瞪,不服气地追赶,直到追上了他,并抓住了他的手才停下来。

第一辑 不要痛，这只是小意外

"哎——"声音拉得老长，"你这人怎么回事啊！没听见我叫你吗？"话音刚落，她才意识到自己抓住宁采臣的手是那么紧，不由得往后一缩，两人目光交错的那一刻，她的心突然跳动得好厉害，这种感觉只有大半年前才有过，她的脑袋里似乎有一些记忆在快速地闪回着，这使得她后面的话变得结巴起来，"我……我是说……你为什么要拿……拿我的手机，能……能不能还我——"。

"手机？"宁采臣一脸懵相，他怎么也想不明白，自己第一次去酒吧喝酒，就发生这样的事儿，"什么手机？我哪有你的手机？"

曼莉一下子气从心底来，"我放在吧台上的手机呀！我记得就是放在你面前的！"说得理直气壮，似要给对方难堪。

"你可真有意思，自己的手机为什么要放在我面前，你想干吗啊？"宁采臣也来气了，忽然觉得这个女人是那么不可理喻。

曼莉一下子被问语塞了，一时间说不出话来，心也跳动得更厉害了，最后，她无奈地摊牌，"帅哥，我是看你模样挺俊，就是想请你再喝杯酒，谁想到你是这样的人啊！"

"你……你有病吧！谁稀罕你那破手机，神经病，走开！"宁采臣一肚子火没处发，现在又遇到被人诬陷的事儿，顿时火冒三丈。

曼莉一下被吓呆了！高耸的胸脯也变得坚硬起来，她从来没有见过这样"威猛"的男人。

宁采臣狠狠地瞪了她一眼，头也不回地走了。

夜风吹拂，曼莉抚弄秀发，摇头叹息道："我……这是怎么了，又招惹了谁？我的手机……刚买不久的苹果手机啊！"

"不就是一手机吗，明天去买一个不就行了。"回到酒吧后，曼莉听到姚瑶这一句话，心沉到谷底。

"我是心疼手机里的号码呀!"曼莉哭丧着脸。

"别哭,别哭,我们继续喝酒啊!"姚瑶安慰道。

曼莉记不清是什么时候回到家的。但她记得清楚,自己丢了手机——确切地说是那个叫宁采臣的男人讹了。手机丢了,可以买新的,但爱的感觉丢了,该如何去买呢?

自从在酒吧经历了这破事儿后,曼莉就总是想起他,有时候,竟然梦里也会有他。她不知道自己是怎么了,寂寞就能这么让人不可理喻吗?她为自己这样的花痴而感到羞愧,更离谱的是,她又去了小南洋酒吧,仿佛是有约似的,宁采臣也在那儿喝闷酒。

宁采臣觉得自己发生了重大变化,以前,对酒没有什么热爱,现在却过着酒缸浸泡的生活。真应了那句话:不惜千金买好酒,只为醉忘负心绝情人。以前,他劳累一天,回到家里躺在床上有念头,想着和小倩结婚后的生活,在郊区买一套房,那里风景优美,没有很多住户,生上几个孩子,养一只金毛犬和几只画眉,等到孩子到了上学的年龄,他就到教育机构去上班,周一到周五都有大把的时间去陪伴家人,还有,他还要出去之前对爱人说声:"老婆,我走啦!老婆,我爱你!"

可是,现在还有谁人可爱呢?整个世界都是谎言与欺骗,他觉得自己快要发疯了,这么努力却换来一身伤痛,这么用心,得到的却不是相濡以沫。"老婆,我爱你,我爱你,爱……"他喃喃地说着这样的话。

第一辑 不要痛，这只是小意外

曼莉走到宁采臣坐着的吧台，她对调酒师做了个要酒的手势，她是这里的常客了，调酒师知道她想要什么酒。

一杯白兰地很快就好。

"伤感男人，我们能喝一杯吗？"曼莉凑过身对宁采臣说道。

"你，怎么是你……"醉意朦胧中的宁采臣看到眼前的模样女人，比之前清醒一些了。

"是啊！就是我，你还欠我手机呢？"曼莉俏皮地说。

"神经病，你还真把我当作小偷啊！你看我，哪里像小偷？"宁采臣感到很厌烦，被一个无理的女人缠上。要是换作其他人，巴不得有这样的妖精女人纠缠呢，可此刻的宁采臣心里只有无尽的痛楚。

可曼莉依旧不依不饶，她觉得这事一定和眼前的这个男人有脱不了的干系，更觉得这一辈子可能都和他有纠缠。"就是你拿了我的手机，你看上我了对不对？我现在都还没有找到我的手机，你还给我好不好？"

宁采臣喝了一口酒，将酒杯放下，郑重其事地说道："大姐，我为什么要拿你的手机呢？我为什么要看上你呢？你不知道一个男人被欺骗后再也不会爱上女人了吗？尤其是我，尤其是像我这样的男人！"

曼莉眨了一下眼，挤弄了一下眉毛，"那我不清楚，也许，也许是你故意让我缠着你呗！你们男人呀，就是花样多！花样多……嘻嘻……"

宁采臣快要崩溃了,这女人真的是一难缠的妖精啊！居然还"嘻嘻"地笑，他尽量压制住心中的怒火，"你……神经病！女人才花样多，女人花样最多……"

曼莉"哼"了一声，吐气如兰，"我们好像之前在哪里见过，你喜欢写诗对不对？"

"我喜欢什么和你没有关系，麻烦你离我远点儿，我就想一个人喝酒。"

"一个人喝酒多没意思，我能陪你一起喝吗？"

"不能！"宁采臣冷冰冰地应了一句。

"你电话号码多少？"

"不知道！"

"你不说，我就不走！"

"拿去！"宁采臣从包里摸出一张名片，扔给了她。

"你真不想和我一起喝酒？"

"滚！滚开啊！你真的很让人烦！"宁采臣终于压制不住心中的怒火，开始咆哮起来。

曼莉失魂落魄地喝完杯中酒，失魂落魄地走出了小南洋酒吧。

夜风轻柔，曼莉喃喃自语："其实，是我希望有人陪喝酒呀！傻瓜！傻瓜！两个为情所伤的傻瓜！"

5

宁采臣尚且无法忘掉小倩，虽为她所伤，但他很不习惯，整个房间空荡荡的，只有孤寂的灵魂在飘荡。

为了尽快地平复这样不安的生活，他努力地遵守小倩曾为他制订的日常安排。

"为什么会走到今天这个地步？"宁采臣开始质问自己，"是我不够好吗？还是我给你的永远都不够？"

又一个声音在耳畔响起："不，不——绝不是这样的，小倩，你就是一个不安分的女人，爱情就不能像诗意那般吗？"

宁采臣猛拍了一下脑瓜，然后，沉沉睡去。

曼莉的生活重心稍微发生了偏移，偏移到一个失意男人身上，为此，她不再那么热爱工作，她想着自己也不那么缺钱花。

这天晚上，她倍感孤独，打电话给姚瑶，对方说在加班呢。"加班，加班，我看是在和赵英俊在床上加班吧！"曼莉嘟嘟囔囔地挂断了电话，随后，失落地坐在床沿边，扭头望向窗外，当看到满天星空时，好像突然想起了什么，她满心欣喜，起身碎步走到衣架前，取下挎包，精准地摸出一张名片。

她要打电话，她有话要说。

曼莉面露春光，有些嗲地将开场白抛了过去，"帅哥哥，在干吗呢？"

"你哪位？"电话那头传来有气无力的声音。

"是我呀！出来看月亮啊！真的好亮啊！"

"神经病，是不，没工夫理你！"宁采臣应该听出是哪位了，就是缠着他要手机的疯女人，他毫不犹豫地挂断了电话。

曼莉"哼"了一声，"竟敢挂我电话！"她再次拨通，对方再挂，她再次拨通，对方再次挂，到最后，对方关机了。她噘了一下嘴唇，轻叹一声，想起了之前和吕进吵架，对方就是不肯听她道歉，现在，她一个人在房间里，月光如水，她却做不到似水的安静。

几个小时又过去了，曼莉还是无法平静，她不服气，她还要打电话，这时，电话那头的宁采臣说："月亮没什么好看的，你还是早点休息吧！"

"我睡不着啊!你也看月亮好吗?"

"我很困啊!你不怕明天黑眼圈吗?还是去睡觉吧!"

"我不,我不……"

"你……"

"你就看一眼,好吗?"

"你……简直是不可理喻……"

"我想和你喝酒,可以不……"

对方没有应声了,沉默了半晌,挂了机,曼莉再打过去,这一次,他没有关机。

宁采臣觉得眼前的生活真的好糟糕,他想振作起来。于是一大早就起来了,吃完早餐,洗漱完毕,打算去一家企划公司应聘,他还打算全部抛弃小倩为他制订的日常安排,他认为彻底地洗牌就能忘掉伤痛。

他快速地拿出笔记本,写下了全新的日程安排。上班,美食后午休;上班,素食后锻炼身体……他欣喜若狂地书写着,写到周末的时候,突然停下了笔,"是呀!周末该怎么安排呢?看书,看电影,还是去……"

6

大部分的日常安排进行得还算顺利,他也如愿应聘上了企划部经理的职位,忙碌的生活也让他无暇顾及伤痛,只是,内心的那份空荡就好像曼莉的纠缠不休那样,好些个夜晚,他以为他还抱着小倩入睡,醒来后才发现,自己抱的不过是一只浣熊而已。

到了周末，小南洋酒吧异常热闹。

曼莉去了那里。

宁采臣也去了那里。

他们并没有相约，却都去了那里。

这一次，曼莉没有再提手机的事，她只是将新手机在他的面前晃了一晃，对方先是一愣，随后浅浅一笑。

宁采臣望着她，忽然觉得心里有一点儿歉疚浮上来，再看她的时候，发现她有一种无法言喻的美。

曼莉仰起头，胸脯随着呼吸轻微起伏，与他平视的时候，说："没……没想到我们真的可以在一起喝酒呢，酒真是好东西。"

宁采臣说："你很喜欢喝酒吗？"

"当然，只有喝酒的时候才是最快乐的！"

"我觉得不一定，得看……"

"得看什么？"曼莉嘻嘻一笑，露出浅浅的酒窝，"得看和谁喝，对不对？"

"你呀，自作聪明！"宁采臣端起酒杯，自饮一口。

"嘻嘻，看，被我说中了吧！我就是那个对的人，嗯哼——"曼莉妩媚地说道，她看他的眼神中有水波掠过。

两人觥筹交错，一杯杯痛饮起来。

音乐从未停过，酒杯也一直地在被倒满。看来，酒真的是拉近人与人之间距离的好武器啊！若是古龙在世，他应该会将酒写得更好。

毕竟，酒的确可以醉人，但借助它也可以拉近人与人之间的距离，这几乎也已经成为人与人交往中不可缺少的因素。

从此，曼莉和宁采臣每个周末都会不约而同地到此喝酒。

直到有一天,他看着她,她盯着他,她吐气如兰,他把持不住,吻了她,《南山南》的音乐就是曼莉和宁采臣亲吻的见证。

小南洋酒吧太吵了,哪怕是播放像《南山南》这样的民谣。

他们出了酒吧,夜风中,行人烂漫,曼莉和宁采臣比他们更烂漫,两人摇摇晃晃地搀扶而行。

"吻一个人可以吻多久?"曼莉勾住宁采臣的脖子妩媚地说道。

"我不知道,要不我们试试?"

"试就试,谁怕谁呀!"

他们吻得很热烈,仿佛就要天荒地老。

7

南山南,是宁采臣的住所,《南山南》是他和曼莉不可分割的进行曲。

像所有情侣那样,两人一起逛街,一起做饭,一起去电影院,一起看书,一起甜腻腻……

曼莉发现自己安分了许多,和姚瑶的联系也少了。

宁采臣呢,他想起小倩的次数也少了很多很多,他抱着曼莉睡觉的时候,感觉很踏实,只是,有的时候他提前醒来,看到她的睡脸,会有一种既陌生又熟悉的感觉产生。也许,这就是幸福吧!双人床,双人睡,总好过双人床一个人睡,何况,还是曼莉这样的妖精女人。

他决定娶她,定了婚戒,他想着配上曼莉细长的手指的场景,会很好看。戒指在西装的外套里装了一个星期,期间,他也好几次地问自己,这个女人会不会到最后也像小倩那样……他想着,心里不免一颤。

"我想带你去见我爸妈,你同意不?"一天晚上,热烈后,他们躺在床上,宁采臣试探地问曼莉。

"好呀!正好我也想见见'爸妈'是什么样的!"曼莉柔声地说道。

"你可想好哦,"宁采臣将手搭在她的肩膀上,"一旦见了,不管……你都是我的人了。"

"哼!"曼莉嘟起嘴,"应该说你是我的人了",她将"我"字说得很重。

这一晚,很甜蜜。

这一晚的后半夜,宁采臣醒来,发现曼莉不在身边。他惊慌失措,胸口发闷,感觉怅然若失,失去一个人,一个心爱的女人会怎样,他尝过,可现在,他不想再尝。

他来到客厅,看见曼莉穿着薄纱的睡衣站在窗前,若隐若现的朦胧让他有一种雾里看花的感觉。

8

很多人问我这个故事到底有没有完,我说完也可,不完也可。作为陈述者,我只负责陈述,作为陈述者,不命定结局。

我也将写好的此稿给曼莉看,问她是否满意。

她用招牌式的浅笑回应我,"我挺赞同你把我写成妖精,但你说……妖精会有家的归属感吗?"

带不走的只有你

我说:"有,不过还需要修炼,并找到能陪你风雨无阻都一起修炼的人。"

浅笑!

浅笑!

五、再也无法享有的天真和浅薄

我想，跟阿喃相比，我们三个人是幸运的，拥有天真爱情的李进可以下车，拥有浅薄爱情的刘羽可以下车，我也可以下车，但阿喃不能下车，他必须咬着牙坐到终点，然后和一个素不相识的女人结婚，然后再也无法享有天真和浅薄了。

1

这是一个爱情从天真到浅薄，到再也无法享有的天真和浅薄的故事。

有一次我外出，因为时间富余，为了追求舒服，我没有坐飞机，而是买了软卧。

我们车厢的四个人全是男人，这是好事，因为在这样舒适的旅途中，只要有一个女人，就算大家互不认识，另外三个男人也会争着表现自己，搞得内部矛盾重重。就算是四个女人也不行，女人是最缺乏安全感的，四个陌生的女人在一起，无非就是假惺惺地秀一下自己的化妆品和包包，但男人就完全不一样，非常聊得开。

我坐的是下铺，我对面的乘客是一个三十多岁的男人，西装革履，戴着黑框眼镜，十分沉稳。我的上铺是个活泼的小伙子，穿着一件极不合身的T恤，打了耳洞，但整个人却没有那种嚣张跋扈的感觉，应该是在攀枝花读书的大学生吧。还有一个高高瘦瘦的年轻人，约莫二十六七岁的模样，头发油腻腻的，眼眶颜色很深，精神不好，应该是个才毕业进入工作不久的职场菜鸟。

距离列车开动还有十分钟，沉稳男正斜靠着闭目养神，面无表情，偶尔动一下眉头；活泼小伙子躺在床上玩游戏，一边玩一边口里念念有词；那个高瘦的年轻人则坐在外面的过道上，掏出手机，滑动屏幕解锁，然后按下待机键，接着又解锁，如此重复。

伴随着一阵晃动，火车缓缓启动了，那个高瘦的年轻人对着手机摇了摇头，收起手机进了卧铺车厢，垂头丧气地爬回自己的床铺。活泼小伙子放下手中的游戏，从铺位上探出头，左看右看看了半响，见没人搭理他，又缩回去打游戏了。沉稳男打了一个电话，大致说自己在车上，第二天接近中午才能到昆明，然后就把手机关机了。

记不清当时是谁起的头，活泼小伙子和我聊了起来，小伙子在读大学，因为家里无聊，就提前回学校了。我问他回去那么早做什么？他告诉我，回去好好看几天书。我有些好奇，问他，现在不都流行临时抱佛脚，期末要考试才会看几天书的吗？他有些高兴地说，因为我挂科了，我每学期要挂一半。

我有点愣，没想到他挂科还这么嬉皮笑脸的，更没想到他还说了一些更让我大跌眼镜的事情,他用骄傲地神情告诉我,他在学校小有名气,除了挂科多之外,他还是校史上唯一一个高数交白卷的人。

这时,沉稳男调笑着问活泼小伙:"你要朋友没?"

活泼小伙子犹豫了半天,才说道:"没有!只有几个要好的女性朋友,半生不熟的,也不算女朋友,每天就嘻嘻哈哈地胡闹。"

沉稳男又说:"那有你喜欢的没?"

活泼小伙腼腆地说:"有倒是有,但我自己现在还在花家里的钱,等毕业工作了,我就追。"

沉稳男说道:"等你找到工作,白菜早就被猪拱完了,白菜帮子都不给你留。"

那个高瘦年轻人也跟着附和:"就是,等你出来了才知道,学校里的爱情才是最纯真的,学校里的女生才是最好追的。"

就这样,我们四个不同年龄、不同层次的男人,在车厢里打开了话匣子。从聊天中,我知道那个活泼小伙子叫李进,在读大二,是个工科生;那个沉稳的男人叫阿喃,在做有色金属生意,常年奔波于新疆和云南两地;那个高瘦年轻人叫刘羽,在一家电信企业做线路维护。

可能是未经社会打磨的关系,李进话最多,天南地北的,有一样没一样地聊起来,他聊得那些,其实我们三人大多都经历过,但是从他稚嫩的口中说出来,总有一种难以描述的美好气息。

李进说,他有次逃课去爬峨眉山,遇到两个外国女孩子,当时也不知哪根脑筋短路了,就上前搭讪。因为是读工科的,他的英语水平只有你好、再见的水平,但居然不羞不臊地和那两个外国女孩聊了大半个小时,最后还要了一个电话号码,下山之后,第一时间就拨打那个电话号码,结果竟是空号,他这才知道自己被耍了。

虽然李进说的这些情节平淡无奇,但却让我们三人很受用,尤其是我,他说的这个事情让我感同身受。记得高二的时候吧,我喜欢上了隔壁学校的一个女生,经过三个星期死缠烂打的追求之后,女生终于给了我一个电话号码,但是告诉我,等我的成绩进入了年级前五十名才能打。然后我就拼命学啊,学啊,终于,有一次月考我进入了前五十,就拿起寝室里的座机,播出了那个号码,当时心跳得跟万马奔腾一样,但这样的心跳也只持续了一秒,因为下一秒,电话接通了,是一个中年男人的声音,把我吓得不轻,后来我才知道,那个女孩子给我的,是他爸的电话。

其实,所有的男人都有一个共同的话题,那就是女人,我们四个也不例外,先虚伪地天南地北地聊了一会儿之后,终于回归正轨,回归到了女人的话题上。当然,这个话题,我、刘羽、阿喃都不说话,都等李进先说,因为我们思想里的东西过于沉重,怕破坏他心里的美好。

2

对于女人的理解,李进还天真地停留在爱情这个阶段。

李进大一的时候,喜欢上了一个女生,至于为什么喜欢,他自己也说不清,他只知道,因为自己学习成绩差,女生都不爱跟他说话,只有那个叫辛小荞的女孩子搭理他。

那天,吊儿郎当的李进将学生证后面的火车票优惠券弄丢了,就去学校办证明,办证明的老师扔给李进一张白纸,让他自己写。

第一辑　不要痛，这只是小意外

李进当时就蒙了，除了英语，他最差的成绩就是语文，他不会写，于是就向办证明的老师咨询，老师回了一句，"连个证明都不会写，你读的什么书"。

被老师这么一说，李进涨红了脸，杵在原地。这时候，辛小荞走过来，拿过李进手里的白纸，说道："我帮你写吧！"

弄完证明回去之后，李进坐立不安，满脑子都是辛小荞那张安静略带微笑的脸，还有那句，"我帮你写吧！跟所有一见钟情"病"晚期的人一样，李进容量本来就不大的脑子，被辛小荞完完全全地占满了。

后来，李进又见过辛小荞几次，每次见到辛小荞，李进就觉得时光变慢，连心跳都停滞了，然后，他就会像雕塑一般，一动不动地愣在当场，直到辛小荞走远消失在他的视野里，他才回过神来，后悔不迭，要是自己刚才上去和辛小荞说几句话就好了。

李进觉得，自己是喜欢上这个女孩子了，而且已经喜欢到病入膏肓、深入骨髓、无药可救了。想到这里，他平时并不好用的脑袋突然灵光起来，开始幻想自己和辛小荞在一起后美好的各种画面，而且一发不可收拾。

事实证明，工科男的脑袋运转起来的时候，还是可以天马行空的。根据辛小荞各方面的信息，李进推测出，辛小荞的妈妈应该是个家庭主妇，长得比较斯文，可能近视了，但平时不戴眼镜，只有看电视的时候才戴。而辛小荞的爸爸应该是个妻管严，平时在外地工作，隔一段时间就会回家，回家的时候就开始拖地、做饭、做各种家务。对于这样的家庭，李进相信，只要搞定辛小荞的妈妈，一切就都搞定了，当然，目前最重要的，还是要先搞定辛小荞才行。

为了追求辜小荞，李进决定先改变自己的形象。首先，要改变自己的身材，因为自己的身材偏瘦，小肩膀肯定不能给辜小荞安全感。为了弥补这一点，李进除了早上的锻炼之外，每天晚上十点，都要往自己的肚子里塞两块又冷又硬的土豆饼。

其次，除了身材，李进觉得，自己在学校中的形象，也是他和辜小荞之间的阻碍。试想，一个老师、同学们口中的乖乖女，怎么能和李进这样的老油条在一起呢，于是，李进开始进教室听课，课余还去图书馆看看书。

一个月下来，李进的改变让同学们大跌眼镜，他所在的二级学院甚至为此做了个标语，专门鞭策其他吊车尾的学生，标语很短，就一句话："李进都不逃课了，你还有什么理由不努力呢？"

但是，想得到的困难很好解决，想不到的困难才是最困难的。这时候，李进才发现，他和辜小荞的差距，远远超出了他的想象，跟他预想中的完全不同。辜小荞的爸爸是当地一个企业的中层，辜小荞的妈妈是隔壁大学的副教授，而李进的爸妈都在建筑工地上做小工，这让李进很受伤，在这个男女比例严重失调的时代，只有灰姑娘变成公主的故事，没有屌丝逆袭白富美的新闻。

好在李进比较天真，他天真地认为，自己现在配不上辜小荞没关系，自己可以慢慢努力，以后就可以和辜小荞门当户对了。

李进的爱情是如此的天真，天真得有些不真实。我、刘羽、阿喃都只是认真听着，谁也没有去撕开他的天真。

3

如果说李进的爱情是天真的话，那刘羽的爱情就有点浅薄了。

刘羽和李冰含是在毕业的时候确定恋爱关系的，一周之后，两人各奔东西，去了两个相反的城市工作，开始漫长而痛苦的异地恋。

在分开的时间里，刘羽和李冰含一有时间就煲电话粥。但是，通过电话传播的卿卿我我，更加重了思念的分量，刘羽觉得，再这样下去，自己会疯掉，于是，在一次打电话时，他告诉李冰含，两个人在一起，不要再分离了，话音刚落，电话那头的李冰含泪流满面。

第二天，刘羽放弃收入丰厚的程序员工作，坐飞机到李冰含所在的城市，当刘羽下飞机看到李冰含的那一瞬间，两个久未谋面的恋人哭着抱在一起。

重聚之后，刘羽的第一件事就是找工作，这是一座小城市，对程序员的需求还停留在网管的阶段，一个星期下来，没有任何一家公司接收刘羽。刘羽没找到工作，李冰含有些不满，有时间就旁敲侧击地念叨，"谁谁谁的老公在做生意，一个月差得时候赚几万""谁谁谁的男朋友上个月偷懒，少上了几天班，就被分手了""谁谁谁的男朋友给她买了个LV""谁谁谁的男朋友出钱带女方的爸妈去泰国玩了一个月"……没完没了。

李冰含现在这样念叨，刘羽有些生气，也有些失落，刘羽觉得，自己来到这个小城市，全是为李冰含考虑的，因为这个城市离李冰含家近，李冰含可以随时回家。于是，对于唠叨和不满，刘羽觉得，过几天就好了，自己忍一时风平浪静，退一步海阔天空，所以刘羽也没说什么。

为了堵住李冰含的嘴,刘羽放弃了找对口工作的想法,在通信公司找了一份设备维护的工作。一个大城市里炙手可热的程序员,为了爱情在这里,每天背着个斗大的箱子,翻山越岭,去维护那些通信设备,这让李冰含很感动。

但好景不长,刘羽发工资的时候,竟然比李冰含的工资还低。李冰含再次念叨起来,"一个男人,挣得还没女人多,有什么用?""网上的专家说,男人的收入是女人的三倍,才会幸福","我表姐和男朋友分了,爸妈给他重新介绍了一个,有车有房,爸妈早过世了……"

"你够了!"刘羽咆哮着摔门而出,李冰含愣在当场。

从那天起,李冰含收敛了不少,而刘羽也明白,作为一个男人,以自己现在的收入和地位,换谁都要念叨,要让李冰含真正"闭嘴",还得靠自己努力,混出个样子来才行。于是刘羽开始疯狂地工作,每天天不亮就起床,半夜才下班回家。

很快,刘羽的付出得到了回报,才进入公司一个月,刘羽就被破天荒地提升为组长,收入也增加了不少,刘羽迫不及待地将这个好消息分享给李冰含,当天回家,李冰含做了一桌子菜给刘羽庆功。

半年之后,因为刘羽踏实肯干,加上读过大学会说话,和客户谈事情很会来事,刘羽被破格提升为公司的总经理助理。当然,除了自己的硬本事,刘羽还用了一些浅薄的手段,偷偷让爸妈给总经理"暗度陈仓"了不少,才爬上这个很多人虎视眈眈的位置,这让刘羽在家的地位又提高了不少,以前,出去上班之前,刘羽还得帮李冰含把早饭做好才能出门,现在都是李冰含做好早饭,上班出门前一个吻,回来一个。

第一辑　不要痛，这只是小意外

因为刘羽现在的成就，过年的时候，李冰含决定带刘羽回去见爸妈。现在，很多父母，不论男方的还是女方的，口口声声说"婚姻自由，绝不插手儿女婚姻"，实际上私下里各种斤斤计较，挑三拣四，给儿女找个对象，比给自己找对象还苛刻。儿女们其实也明白，老人家爱攀比、好面子，所以李冰含这时候才带刘羽回家。

在李冰含家里，大家对刘羽的收入多次打听后，纷纷表示满意。这时，李冰含的妈妈让其他人去打麻将，却独独把刘羽留下来，有话要说，李冰含本来想留下来，但妈妈向她使了个眼色，她也就出去了。

和准丈母娘面对面，刘羽大气都不敢出，想说点话暖暖场，却不知道说什么好。准丈母娘敲了敲烟杆，老道地说道："小刘啊，你看，你和我家李冰含都老大不小了，该办的酒就该办了，我把女儿养这么大，也没别的要求，你们两个人在一起和和睦睦的就好了，我呢，一把老骨头，你们想回来看看就看看，没时间就算了。"

刘羽一听准丈母娘的意思，是让他和李冰含结婚了，内心激动不已。

这时，准丈母娘话锋突然一转："李冰含是个好孩子，从小到大，都是她照顾她的弟弟，从来没让我这个当妈的操心，以后李冰含就不在家了，她弟弟就没人照顾了，你看，你在公司这么久了，能不能给弟弟找口饭吃，我要求也不高，当个组长就行。"

"这个嘛……"刘羽犹豫了。李冰含的弟弟他是知道的，从小调皮捣蛋，不认真读书，初二的时候就进过少管所，出来后整天无所事事，游手好闲，每天除了吃饭喝酒就是打麻将，这样的人别说当组长，就连进公司都困难，就算自己用点手段把他弄进公司，到时候恐怕连自己的职位都保不住。

想到这里，刘羽岔开话题，说道："阿姨，我听李冰含说你老人家腰不好，我给你买了个按摩仪，我现在就给你试试。"

准丈母娘脸一黑，说道："不用了！你不帮李冰含弟弟安排工作也可以，李冰含嫁到你家里了，总得有人照顾弟弟，这样吧，你们的彩礼我这把老骨头一分不要，但必须给她的弟弟十万的生活费。"

说完，准丈母娘就拄着拐杖走了，刘羽赶忙去找李冰含，商量这个事情。在这件事上两个人出现了很大的分歧，刘羽觉得，自己是在和李冰含谈恋爱，不是和李冰含一家人谈恋爱，这个钱不能给，但李冰含却不这么认为，自己的妈妈辛辛苦苦将自己带了这么多年，这是应该给的。当然，李冰含有一点没有说，那就是在她的家乡，女孩子家的彩礼都是这个数，给的少了，不管是自己还是爸妈，在村子里都抬不起头来。

两个人说了好半天，越说分歧越大，刘羽觉得李冰含有些不可理喻，用钱来衡量两个人的爱情，把神圣的爱情变得浅薄无比。而李冰含也很郁闷，觉得自己在刘羽的眼里根本一文不值，说到最后，两人吵了起来，然后刘羽就买了火车票离开了。

在车厢里，刘羽告诉我们三个，他爱李冰含，可以为她做任何事情，但却不能容忍，神圣的爱情变得如此浅薄。

阿喃拍了拍刘羽的肩膀，劝道："真实的东西你才觉得浅薄。回去好好说话，女人嘛，刀子嘴豆腐心，可惜我当时不明白，可现在明白了，却已经晚了，再也无法享受天真和浅薄了。"

说到自己的时候，阿喃一改沉稳的形象，表情变得忧伤起来，他摘下眼镜，用手使劲揉了揉眼睛，接着说起了他的爱情，正如他刚才所言，他再也无法享受天真和浅薄了。

阿喃早期的经历其实和刘羽差不多，也是被爱人成天念叨，然后也是因为爱人娘家的种种琐事，觉得爱人一家太浅薄，只在乎钱，却忽略了自己巨大的潜力。于是，他一怒之下离开了，决定先证明自己的价值。

离开之后，阿喃去了缅甸闯荡，刚开始帮人看赌场，后来在边境组了一个马队，走私玉石……大赚一笔钱之后，他回到国内，和几个股东创办了现在的有色金属贸易公司，因为经营有方，加上这几年有色金属大涨，阿喃公司的市值已经两百多个亿了。

"但这些都是假的！"阿喃有些激动，"可能今天我还在这里谈笑风生，说不定明天我就负债跑路了。"

阿喃赚钱的时候，第一时间就是去找自己的爱人，要用自己现在的身家，告诉她，当初她和她一家人的浅薄是多么愚蠢，但是他失败了，他找过去的时候，他的爱人已经和别人成亲了，两口子开了家小饭馆，孩子都上幼儿园了。

失去爱人之后，阿喃在爱情的维度里迷失了很久，足足三年，他都沉浸在自己的悲伤和懊悔中，惶惶不可终日。三年后，他终于认清一个现实，那一段被他自己鄙视的浅薄爱情，已经离他而去了，他决定开始下一段爱情，哪怕浅薄也没关系，只要真实就可以了。

但事与愿违，到他这个位置，已经不可能得到真实了，至少感情方面已经如此。阿喃开始尝试接触新的人选，他接触的第一个女人是一个电台的女主持人，人长得标致，说话也好听，而且有一种与众不同的气质，在众多的追求者中，女主持选择了阿喃。

阿喃被爱情的突然来袭冲昏了头脑，和女主持交往半年后，阿喃决定求婚。但是，在一天晚上，阿喃亲眼看见女主持上了一个地中"海老头"的车，然后下车去了一家情趣宾馆，阿喃不明白，那个女主持贪图"地中海"老头什么，那个"地中海"老头挺着巨大的啤酒肚，满口黄牙，脖子上布满了皱纹，连阿喃一个男人都觉得恶心，而且，那个老男人开的是458，比阿喃开的定制430要便宜一大圈。

但是，冷静之后，阿喃觉得人非圣贤，他决定给女主持一个机会，于是，他找到女主持摊牌，只要女主持能向他坦白，他就既往不咎，不幸的是，女主持虽然坦白了，但坦白出来的却是另外一个老头，而不是那个丑陋的"地中海"老头，也就是说，女主持私下"交往"的，不止地中海老头一个。

阿喃和女主持分手了，然后又单身了许多年，直到两年前，公司的一个股东结婚了，阿喃才有些慌了。

股东比阿喃大几岁，结婚后天天往医院跑，阿喃一问，才知道此人年纪大了，精子活力不够，只能想办法做试管婴儿，但就算做试管也很难成功了。他不想成为股东那样，于是，便开始疯狂地搜寻，准备投入到下一段感情。

在一段时间的搜寻过后，阿喃忽然明白一个残酷的现实，现在的他，再也无法享有那种天真和浅薄的爱情了，他能得到的，只有那已经不能叫作爱情的爱情，从他身边走过的过客，已经变得和商人般无利不往了。

另外，作为公司最大的股东，阿喃的结婚牵扯的利益太多，他必须考虑公司的利益，最好找一个对公司将来贸易有帮助的爱人，其实也不能算爱人，就是在一个屋檐下搭伙吃饭的异性，因为利益走到一起而已。阿喃给对方资金上的供给，而对方反过来为公司提供更多的方便，让公司赚取更多的利益，仅此而已，虽然阿喃认清了这个现实，但他很难接受。

他无法享有李进喜欢辛小荠的那种天真、无法享有刘羽和李冰含的那种浅薄，他再也无法享有天真和浅薄了。他能享有的，只有美丽但不真实的海市蜃楼，只有一个美丽的空壳子，内部却如过往云烟般空空如也。

车厢里的空气安静下来，我们仔细聆听着阿喃的故事。阿喃停止诉说后，再次摘下眼镜，揉了揉眼睛，揉完眼睛，阿喃告诉我，他这次回昆明之后，决定和一个女人结婚，那个女人他都没见过，但是是另外一家稀土公司董事的女儿，和她结婚，对公司的生意有帮助。说完，他长长地出了口气，将眼镜扔到一边，愣愣地看着天花板。

5

随着列车到站的广播响起，我、李进、刘羽都要下车了，临走的时候，我忽然有点同情阿喃。我想，跟阿喃相比，我们三个人是幸运的，拥有天真爱情的李进可以下车，拥有浅薄爱情的刘羽可以下车，我也可以下车，但阿喃不能下车，他必须咬着牙坐到终点，然后和一个素不相识的女人结婚，他再也无法享有天真和浅薄了。

我们收拾好东西出车厢的时候，阿喃——拍了拍我们三个的肩膀，我们刚出车厢，他就关上了车厢的门，下车之后，我想透过车窗再看看阿喃，可惜他已经将窗帘拉上了。阿喃现在在干什么呢？叹气，静坐，或者一个人窝在被子里哭，我胡乱猜想着。

我、李进、刘羽出了车站，刘羽第一时间给爱人李冰含打了电话，道歉一通之后，得到了原谅，然后他开开心心地买了一张车票，再次踏上列车，原路返回去找那个浅薄的李冰含去了。

李进一脸天真地告诉我："说出来你可能不信，我决定马上就去追求辜小荠了，去他的门当户对！"说完，李进拦了个出租车，回学校了。

我在车站旁边吃了一碗热腾腾的面条，然后去公交站牌排队，准备回家把这趟旅途中的三个人写下来，写下来这个关于爱情从天真到浅薄，到再也无法享有天真和浅薄的故事。

第二辑　不要恨，这只是小漂泊

一、亲爱的，不要离开我

此刻，他觉得自己就是一个瑟瑟发抖的雪人，冰天雪地也不能阻止自己融化。

1

下午一点半，宿醉的刘明醒了过来，愣头愣脑地坐在床上。

昨晚的酒醉还未完全消退，刘明的脑袋晕乎乎的，身体沉浸在醉酒后的酸乏之中，此刻的他只觉得口干舌燥，于是端起床头柜的杯子，把杯子里放了很久的水一饮而尽，喝完水之后，他感觉身体舒服了一点儿，于是下床，反穿着拖鞋，慢悠悠地走到窗前。

窗帘紧闭，没有一丝缝隙，刘明站在窗前，也不知道外面是怎样的天气和光景，他就像所有身处这种状态的人一样，要打开那扇窗帘，需要莫大的决心和勇气，在犹豫了片刻之后，刘明还是鼓起勇气，将手伸向了窗帘。

在窗帘被拉开之前，刘明将头扭向了一边，以免突然进来的光线刺痛到自己的眼睛。但随着窗帘被"啪"的一声拉开后，刘明愣住了，窗外透进来的光线不仅没有刺痛他的眼睛，反而让他十分舒服。

于是，刘明用衣袖拭去窗户上的水汽，此刻的天空正飘着鹅毛大雪，眼睛所看到的地方，全都银装素裹，被积雪所覆盖。刘明将严实的窗户推开一点儿缝隙，寒风马上裹挟着白雪飘了进来，被这突入进来的冷气一激，刘明整个人顿时清醒了不少，只见他伸出手去，接住了几片雪花。

雪花在刘明的手中迅速融化，然后化成薄薄的一摊水，消失不见了，这时候，刘明终于明白一个事实：他交往七年的女朋友，霍芊，已经离他而去了。他看了看表，已经将近两点，也就是说，霍芊那趟一点半飞往加拿大的飞机，已经起飞了。

无论如何，自己都不会有挽留的机会了，刘明重新把窗户关严实，颓废地躺到床上，脑袋里一片空白，他在床上辗转反侧，有种说不出的难受，他试着闭上眼睛，或者蜷缩在被子里，也都无济于事。

在这种无所事事之下，他在被窝里打开手机，打开常用的直播APP，却不知道该看些什么，每点开一个直播间，不到十秒，就厌烦地关掉了，他又打开新闻门户网站，双手麻木地滑动屏幕，依然觉得难受。

这时候，刘明终于明白了，网上盛传的那个"蓝瘦！香菇！"的视频是怎样的一种难受想哭了。当初他还把人家视频里说的话谱了个民谣调调的曲子,唱出来传到了网上,现在自己却真正地难受想哭,想想真是讽刺。可就在这时,一个新闻的标题吸引了他的目光。

因为暴雪恶劣天气,至上午起,多趟航班延误。

说不定有霍芊那趟航班!刘明欣喜若狂地点开那条新闻,果然,从早上九点,因为暴雪、天气恶劣,所有航班都停飞了。机场方面表示,根据气象台传来的消息,恶劣天气将持续12至14个小时,预计次日凌晨一点可全面恢复航线。

这让刘明心中熄灭的火苗再次熊熊燃烧起来,他打起精神,洗了个澡,然后用发胶将头发输得油光可鉴,穿上一套格子西装,外面再披上一件羊绒大衣,就出门了。为了自己下半辈子的幸福,他要尽最大努力挽留霍芊,这一次,无论如何也不能怂,怂就得输一辈子了。

但刚刚走到楼下,刘明就有些后悔了,外面天寒地冻,他这身装扮,虽然风度值很高,但温度实在太低,没走出几步就鼻涕直流,瑟瑟发抖,但是,跟自己这辈子的幸福相比,寒冷算什么!刘明一咬牙,继续朝前走去。

走了几步,刘明就钻进了一家24小时的快餐店,一进门,暖和的感觉立马跑遍刘明的全身。他要了杯热牛奶,找了个最角落的位置坐下,因为出门时太过匆忙,没有严谨地计划一下,一到外面就蒙了,所以,他现在要好好地策划一番,提高将霍芊追回来的成功率。

得买一束花,虽然花本质上只是植物的某个器官,但女人就是喜欢,这就跟拍马屁一个道理,大家都明白是客套话,商业互吹而已,但就是喜欢。另外,花的品种不能含糊,红玫瑰没有内涵,郁金香不够真诚，百合索然无味，牡丹已经烂大街了……综合考虑，应该是蓝色妖姬最合适。

花的数量也是问题，一朵虽然叫一心一意，但未免太抠门了，九十九朵虽然排场大，但大过头了，有一种拿个笔记本贴在脸盘子上打电话的感觉，最后，刘明决定送十二朵，希望两人能够圆满复合。

决定好了买十二朵蓝色妖姬，刘明端起桌子上的热牛奶一饮而尽就出了快餐厅，他顶着雪花，去了最近的一家花店。

经过几分钟的步行，刘明终于来到花店，却发现花店已经关门了。他在内心深处骂了三个字，然后抹掉头发上的雪花，去下一家花店。

因为刘明对自己所在区域的花店情况不熟，也不知道花店的具体位置，所以不能打车去找，只能靠走。就这样走了大概二十分钟，才看到前面正好有一家花店，里面的灯还亮着，他加快了脚步，走了过去。

等走进了才发现，花店的灯是确实亮着，只是玻璃门上挂着一个U形锁，上面挂着一块牌子，写着四个字：暂停营业。

但这次刘明没有骂那三个字，两年前，就是因为被这种U形锁锁住，刘明才打动了霍芊的心，两人建立了恋爱关系。

七年前，刘明和霍芊都还没有大学毕业，两人都在读大四，当时，霍芊是班上数一数二的美女，身边的追求者络绎不绝，包括刘明。当时刘明还是全校都出名的吊车尾，学习成绩差到令人发指，但偏偏就对霍芊一见钟情，于是，当机立断决定追求霍芊。

暗自做好决定之后，刘明兴奋不已，迫不及待地将追求霍芊的伟大目标分享给了自己的室友。室友们愣了半晌，确定刘明不是在说笑而是认真的之后,室友们认真地笑了起来。

第二天,刘明要追求霍芊的消息传遍了学校的所有班级,就连学校的保安都对此事评头论足地嘲笑了一番。

但刘明可不这么认为,他准备了很久,思量着怎么跟霍芊告白。他把所有表白的方式都考虑了一遍,不过最后他觉得这些方式实在都太土,必须要用一个让所有人为之一震的方式表白,才能配得上霍芊,也才有可能打动霍芊。

果然,刘明最后的方法确实是让所有人都为之一震,也真的打动霍芊了。

那天晚上下晚自习,霍芊正好准备去文具店买东西,刘明得到消息之后,就趁老板不注意,躲在文具店的一堆文具里,准备等霍芊过来挑选玩具的时候,突然钻出来,举着写着"霍芊,我喜欢你!"的牌子正式告白。

但是,那天文具店生意不好,老板提前关门了,刘明躲在文具堆里不敢出来,被锁在了文具店里。老板一走,刘明赶忙钻出来,看见一把冷冰冰的锁挂在文具店的玻璃门上,而且刘明在里面,锁挂在玻璃门外面,连撬锁的机会都没有。

正在刘明被关得焦头烂额之时,有学生发现了他,然后叫上其他的人来围观,于是人越围越多,来文具店买东西的霍芊正好也来到了门外。

见霍芊来了,刘明赶紧顺手拿了个东西遮住了脸,但霍芊还是认出他来了。霍芊问道:"刘明,你在干吗?"

刘明一听霍芊叫出自己的名字,将头埋得更低了,都快要缩回衣服里了……他不想在喜欢的人面前出丑,但是他忽略了一点,那就是他一直拿在手上遮脸的牌子,就是那个写着"霍芊!我喜欢你!"的牌子。就这样,刘明把自己的表白搞砸了。

但让所有人莫名其妙的是,第二天,霍芊竟然挽着刘明的胳膊出现在了校园里,刘明误打误撞地表白成功了。

2

离开那家挂着U形锁的花店,刘明又找到了另外一家花店,这家花店门开着,老板也在,但店里的蓝色妖姬只有五朵,刘明没要。

接着刘明又跑了几家花店,但都没有买到,这时,他突然想到了自己的朋友马克。马克是刘明的好哥们儿,开了一家婚庆公司,应该能搞到十二朵蓝色妖姬。

于是,刘明赶紧拨通了马克的电话,平时他都叫马克小马,但这次不同,因为有求于人,他改了称呼:"喂,马克哥,最近还好吗?我拜托你一个事儿……"挂掉电话之后,刘明长长地出了一口气,马克那里果然有。

马克让刘明在原地等着,自己一会儿就把花送过来。果然,不出五分钟,马克就骑了个自行车把花送过来了,刘明从马克手里一把抢过花,都来不及道谢,就拦了个出租车,赶去机场了。

对刘明来说,这一分一秒都弥足珍贵,如果晚一点儿,挽回霍芊的概率就低一分。所以,他一坐进出租车,就一边扒拉衣服上的积雪,一边催促司机快点,司机点头答应着,却依然开得如同划水一般,这也是没办法的事情,这样的天气,开快了根本刹不住车,只能在路上慢悠悠地向前摇。

外面的雪依然很大,刘明坐在车里,车窗外的雪花仿佛有穿透力一般,透过刘明灼灼的目光,飘到他的脑海里,肆无忌惮地扬扬洒洒。

霍芊是南方姑娘,刘明和霍芊在一起之后,霍芊告诉刘明,自己喜欢雪。那个时候,他们的学校在亚热带,冬天最冷的时候也十几摄氏度,但刘明信誓旦旦地保证,一定让霍芊看到雪,第二天,他在演艺公司租了四台雪花机,装在了要和霍芊见面的地方。

霍芊一到,刘明马上朝守着雪花机的室友做了个手势,随着机器的轰鸣,在亚热带的阳光之下,雪花机产出的雪花阵阵飘落,片刻之后,刘明和霍芊所在的地面上就铺上了一层,还有旁边的树上、绿化上,都盖上了一层。这种美轮美奂的场面,引起了其他人的尖叫,但这样的尖叫刘明听不见,因为此刻的他,眼睛里只有霍芊,只有在雪中转圈的霍芊。

从那以后,学校里的所有人都对刘明刮目相看,尤其是女生,觉得刘明威武霸气够浪漫,简直就是一枚霸道总裁。但刘明并不知足,他觉得,一定要带霍芊看到真正的雪,所以,毕业之后,刘明就和霍芊双双选择到这座城市工作,因为,这个城市的雪来得早、走得晚,每年小半年的时间都有积雪。

霍芊知道,就是因为自己喜欢雪,刘明才和她一起来到这座城市的,所以很感动,两人的感情也突飞猛进,一有时间就腻歪在一起。刘明也成了一个模范好男人,每天早上起床,先开车送霍芊到公司,然后再回自己公司上班;每天中午下班,就去霍芊公司楼下,等霍芊一起吃中饭;晚上也是,不论多忙,霍芊下班的时候,刘明一定会开车过去接霍芊下班。家里的一切大小事务,刘明也都一个人包干,而且每个月的工资也悉数上交。

刘明和霍芊的爱情让周围的人羡慕不已,而他们自己也打算,等存够了首付,就按揭一套房子结婚……

出租车司机狂躁的喇叭声将刘明的思绪拉了回来,前面出了车祸,过不去了,路上的车一辆挨着一辆,堵得水泄不通。刘明看了看表,已经五点四十了,到机场的总路程才走了不到三分之一,照这样堵下去,等自己赶到机场,霍芊已经在加拿大了。

想到这里,再看看司机不慌不忙的样子,刘明恨不得抢过方向盘来自己开,当然,也只是想想,因为堵成这样,谁开都一样,到机场也就这一条路。

突然,一辆走应急车道的车呼啸而过,正好刘明此时没关窗户,被溅起的雪花撒了一脸,他正要骂脏话,突然灵机一动,想起《阿Q正传》里阿Q捏小尼姑脸时说的那句话:"和尚摸得,我摸不得?"其他人走得,我走不得?

在刘明的提议下,出租车走了应急车道,这一走果然不同凡响,一路畅通。走了一段车道之后,进入了另一段路,这段路比较窄,两边又是民居,又堵了起来。刘明再次让出租车师傅从马路边沿插队,但这一次的运气就没那么好了。

出租车插队的时候,剐蹭了路边的雪人,正好将雪人的肚子剐瘪了一块,堆雪人的小孩哇哇大哭起来,司机只好将车靠边,然后下车去安慰小孩。但司机怎么说都没有用,小孩越哭越凶,最后,司机灵机一动,向小孩信誓旦旦地保证会把雪人的肚子修好,小孩这才停止了哭闹。

说干就干,司机立马动手,开始帮小孩修雪人肚子。刘明在车上等得不耐烦,摇下车窗,将脑袋伸出车外透气。

刘明的脑袋一伸出去,就看到了那个雪人的全貌,雪人的脑袋上,用一个棕榈扫把做了个莫西干发型。刘明气不打一处来,将蓝色妖姬放在后座上,然后红着眼睛,下车走到雪人跟前,发了疯似的,对着雪人又打又踹,小孩吓得哇哇大哭,出租车司机想拉都拉不住。

不出三分钟,雪人就让刘明全毁了,之后,刘明恢复了几分理智,大口地喘着气,看着被自己夷为平地的雪人,刘明有些羞愧,摸着小孩子的脑袋,说了声对不起,然后闷闷不乐地回到出租车上。

刘明本来是喜欢雪人的,因为霍芊喜欢雪,霍芊既然喜欢雪,自然就喜欢雪人了,所以刘明爱屋及乌,也喜欢雪人。自从他和霍芊来到这座城市后,每年下雪的时候,他都会瞒着霍芊,偷偷地去雪地里堆一个雪人,堆好之后,他就让霍芊用围巾蒙住眼睛,然后牵着霍芊的手,一步一步地走到雪人面前,再猛一下扯开蒙住霍芊眼睛的围巾,给霍芊一个意外之喜。

霍芊睁开眼睛,看着眼前的雪人,不敢相信。刘明拥住霍芊,在霍芊的额头上蜻蜓点水般地吻一下,然后搂着霍芊在雪地里转圈,两个人一边转圈,一边欢呼大叫,直到两个人都转晕,一起跌倒在雪地里,然后,两个人同时哈着白气看着天空。

刘明慢慢伸出手去,摸索着过去抓住霍芊的手。

霍芊突然说:"这辈子我们都住在这里吧,我们结婚吧!"

刘明摇了摇头:"等明年,我们存够了首付,就结婚。"

这时,霍芊就会略带忧伤地靠过去,趴在刘明的胸膛上听刘明的心跳。刘明并非不想结婚,他只是想着,结婚是一个人一生中最重要的事情,不能让霍芊受了委屈,所以等有了房子再结婚也不迟。

但是,接下来的几年,这座城市的房价不断拔高,刘明和霍芊的积蓄距离首付反倒越来越远了。于是，每年下雪的时候，刘明都会给霍芊堆一个雪人，抱着霍芊在雪地里转圈，一边转圈一边大叫，然后，两个人同时哈着白气看着天空。

就这样年复一年，终于到了今年，刘明觉得不能再等了，他下定决心，让爸妈帮忙出点钱，凑够首付，然后和霍芊结婚。

今年下雪的时候，按照以往的惯例，刘明依然会给霍芊堆雪人。不过，因为刘明打算结婚，所以今年他打算堆一个不一样的雪人，正好，他在收拾霍芊东西的时候，发现了一个雪人手办，一个留着莫西干发型的雪人手办。

雪人手办的模样十分陈旧，甚至有点残缺，刘明觉得，这个残缺的手办被霍芊留在身边这么多年，一定有特别的意义。

3

按照那个有着特别意义的手办模样，刘明今年堆的雪人跟以往的不太一样，这一次的雪人，刘明用一个棕榈扫把做了个莫西干的发型，做好之后，还特意做了些许调整，让雪人跟手办更加神似。

堆好莫西干雪人之后，刘明像往常一样，蒙住霍芊的眼睛，牵着她的手来到雪人跟前，他已经打算好了，一会儿霍芊看到莫西干雪人后一定会非常惊讶，然后自己趁热打铁，向霍芊求婚。

刘明让霍芊站到雪人跟前，然后解开霍芊蒙住的眼睛，霍芊看到眼前的莫西干雪人，惊讶万分，突然，霍芊的脸色一变，有些不高兴地说道："你怎么随便乱翻人家的东西？"说完，霍芊就走了，留下了刘明愣在原地。

这一次，只剩刘明一个人躺在雪人旁边的空地中，怎么突然就这样了呢？明明今天高高兴兴，自己准备求婚的，怎么就这样了呢？刘明躺在地上，怎么想也想不明白。天空雪花纷飞，一片片扑打在刘明的身上，一点点儿将他的身体湮没，此刻，他觉得自己就是一个瑟瑟发抖的雪人，冰天雪地也不能阻止自己融化。

天黑的时候，身子被雪湮没了大半的刘明才爬起来，摇摇晃晃地回到家里，一进门，他就闻到了一阵饭菜的味道。

桌子上已经摆满了菜，霍芊正在厨房里忙活，片刻之后又端出一个菜来。刘明的内心很是触动，这是他们在一起以来，霍芊做的第一顿饭，虽然卖相不好，但也让刘明的心里温暖万分，然而，温暖更容易让人回想起寒冬的凛冽。

两个人一直无话，默默地吃完了饭，饭后，刘明就出门跑去哥们儿家里住了，两个人开始了长达数日的冷战。谁也不做出退步，但也没有过激的行为，就是这样拖着，直到第八天，刘明实在是坐不住了，才给霍芊打了个电话。

刘明："喂，霍芊，我回来吧！"

霍芊在电话里说道："嗯！回来的时候，记得带点盐，还有，米也没有了。"

挂掉电话的刘明匆忙买好东西就回家了，霍芊正在厨房里做饭，见刘明回来，手里的锅铲"哐当"一声掉在了地上，委屈的泪珠在眼眶里打转，刘明一阵心疼，紧紧地抱住了霍芊，喃喃道："是我不好，都是我不好！"

吃饭的时候，霍芊和刘明约法三章，不许刘明再翻自己的东西，刘明愣了一下，答应了。

其实，在刘明打电话主动结束冷战的时候，他已经体会到了偷看雪人公仔的可怕后果，那一刻，他就决定不再乱动霍芊的东西。但人又是矛盾的动物，被霍芊这么"约法三章"，他的内心又开始好奇起来，霍芊到底有什么东西，是自己不能看的呢？

  于是，接下来的几天，刘明都在琢磨着去翻霍芊的东西，但一直都没有机会。这天，霍芊约了闺蜜一起吃饭，刘明因为公司加班，不能陪霍芊一起去，其实，刘明口中的加班只是一个借口，因为这样他就可以不用和霍芊一起出去，然后借机寻找自己内心的答案。

  霍芊前脚一出门，刘明就回来了。霍芊有一个小木盒子，上次那个莫西干雪人就是在木盒子里找到的，现在，那个木盒子正在刘明的手上，就像潘多拉的魔盒一样，虽然刘明心里百般不愿，但双手还是不受控制地打开了盒子。

  盒子里除了上次那个莫西干洋娃娃，还有一本日记本，犹豫再三之后，刘明还是颤抖着翻开了日记本，然后恍然明白了很多东西。霍芊本来是不喜欢雪的，但霍芊的前男友喜欢，于是霍芊就跟着喜欢了，后来，霍芊的前男友去了加拿大，两个人就分手了，而那个莫西干雪人公仔，其实是霍芊按照前男友的形象定制的，所以看到刘明堆的莫西干雪人，霍芊突然花容失色……

  就在刘明对着日记本着魔的时候，霍芊已经悄悄地走了进来，原来闺蜜因为临时有事，放霍芊鸽子了。看着翻着日记本的刘明，霍芊并没有立刻打断他，只是冷冷地看着，就在刘明抬头看到她的一瞬间，霍芊夺门而出，等刘明回过神来追出去的时候，霍芊已经没有了踪影。

第二辑　不要恨，这只是小漂泊

在接下来的日子里，刘明满世界地找霍芊。发朋友圈、找朋友帮忙，甚至到广场上去发寻人启事，他把能想到的所有的寻人方式都试过了，但霍芊就像人间蒸发了一样，还是杳无音信。在这段时间里，刘明其实一直是在懊悔中度过的，是他自己一手把自己的幸福毁了。

在霍芊离开的第十二天，刘明依然没有停止寻找，虽然希望渺茫，但他也要坚持。就在此时，他接到了霍芊用陌生号码打过来的电话，电话里，霍芊告诉刘明，她对不起刘明，第二天下午一点半，她就要飞去加拿大，找那个莫西干雪人前男友去了。

说完，霍芊就挂掉了电话，刘明打回去的时候已经是空号了。当天晚上，刘明一个人去酒吧买醉，都喝得断片了，连自己怎么回去的都不知道，醒过来的时候，就已经是文章开头的那个样子了。

出租车发动的声音将刘明拉回现实，司机已经帮那个小孩把雪人堆好了，因为窗户关着，刘明只能透过窗户看到雪人的肚子，也不知道那个雪人的头上还有莫西干没有。不过，无所谓了吧，随着出租车的前行，那个雪人很快消失在刘明的视野里，刘明长出了一口气，将那一束蓝色妖姬护在怀里。

雪一直下着，路况依然没有好转，不过好在老天眷顾，傍晚的时候，雪小了一些，天气也有些好转。但刘明反而更紧张了，如果天气好转的话，自己赶往机场的速度虽然快了，但那些延误的航班也就可以起飞了，自己就更赶不上了。

"大些吧!雪你再下大些吧!"刘明在心里念叨着。

好在雪并没有小太多,被延误的航班依然还没有起飞。晚上十二点半,刘明在机场下了出租,得知航班依然没有起飞的消息,他欣喜若狂地掏出电话,抱着最后一丝希望拨打了之前霍芊的号码。

电话接通了!刘明的心就快要跳出来,在短短的一秒钟,他设想了无数句话做开场白,但当他听到霍芊的声音的时候,那些开场白就都化为泡影飞走了。

电话里传来霍芊平静的声音:"喂?"

刘明连着深吸了三口气,才对着电话问道:"霍芊,今天你飞机延误了,别走了,我以后不翻你东西了。"

霍芊的声音充满了疑问:"什么今天?我是昨天下午一点半的飞机。"

"昨天下午一点半?"刘明一时间云里雾里,还想问,那边却已经挂了电话。刘明一直念叨着"昨天、昨天、昨天",突然,他掏出手机看了一下日期,这一看不要紧,差点儿没被吓死,原来自己喝酒喝断片了,从前天晚上一直睡到今天中午,霍芊昨天就走了。

刘明一个趔趄,差点儿没站稳,他狼狈地蹲在地上,双手痛苦地抱着脑袋,突然,他的电话响了起来,是霍芊的号码。"她打电话来干什么呢?取笑自己?"刘明的拇指在空中停顿了半天,还是接通了电话。

霍芊:"刘明,你在干什么?半夜了还不回家?你要姑奶奶来请你是不是?"

"回家?"刘明有些糊涂,"你在哪里?"

霍芊:"我在家啊,不然你以为前天你喝醉了是谁把你扶回家的?你不回来就算了,我去加拿大了。"

刘明赶忙说道:"我,我马上就回来,我马上就回家,你等我,等我!"

刘明赶紧挂了电话,激动地跳上出租车,回家了。

亲爱的不要离开我!

二、一曲长调长，一曲魂断肠

我不能站在道德的制高点批评他，更不能站在圣母的角度同情他。

1

两三年前的深秋，我去重庆出差，工作谈完之后，同行的其他人觉得，既然重庆叫山城，自然要去爬一次山才对。于是，他们邀约去九龙坡，而我那段时间写东西太多，坐的时间太长，腰不是特别好，不便登山，但既然来了，也不能白来，俗话说，仁者乐山，智者乐水。重庆，除了山，还有江，不能爬山，去江上玩玩也是不错的。

要说去江上，最好的地方莫过于朝天门码头，它地处长江、嘉陵江两江的交汇处,襟带两江,壁垒三面,地势中高,两侧渐次向下倾斜,是俯瞰两江汇流,纵览沿江风光的绝佳去处。

那天的阳光也难得明媚,加之长江河谷地形较多,水汽难以散开,多数时间都是笼罩在茫茫的浓雾之中,所以那天去江上游玩的特别多,等我排队到窗口的时候,当天的票已经卖光了,要玩也只能等到第二天了。

好在我运气不错,正好遇到有拍婚纱照的新人包船,因为新人出的价格不高,所以允许船东拉其他的客人,于是,我和船东谈好了价格后,就上船了。

我穿上救生衣,坐在位置上,船东信誓旦旦地保证:"你先坐,马上就出发!我先去上个厕所!"

说完,船东就又上岸去了,我在心里苦笑一声,我知道,船东又去拉客人去了,不过我也知道生活的不易,可以理解。不远处,那对新人正穿戴完整,不停地依靠在围栏上摆出各种恩爱的姿势,矮个子摄影师撅着个屁股,跑来跑去,不停地从不同的角度给这对新人拍照。

百无聊赖之下,我就观察起了这艘船,这是一艘半大的船,经过改装,为给客房腾出空间,所以船两头的空间不是很大,跟那些正儿八经的游轮没法比。不过,在这种阳光明媚的天气里,能找到这样的船已经很不错了,而且,这样的客船,路线也不是那么正经,自然别有一番趣味,到时候收获意外之喜也说不定。

那对新人已经拍完一组照片,矮个子摄影师靠在围栏上,一只手在疲惫的腰上按摩。这样的痛苦我感同身受,干他们这行的,跟干我们这行的一样,腰椎间盘都有点突出,坐也不是,站也不是,只有趴在床上才能稍微休息一下。拍完照片,新郎收起喜庆的表情,解开勒得绑紧的西装，大口地喘着气，新娘瞟了新郎一眼，有些不满。

这时候船东上来了，带着两个人，一个是面容枯槁、胡子拉碴的年轻人，估计是船上的帮工，船东开船的时候，估计帮忙做饭打下手什么的；另外一个是一位红光满面的大婶，自然是游客了。但事实上我弄错了，那个面容枯槁、胡子拉碴的年轻人才是游客，那个红光满面的大婶才是帮工，当然也是船上的老板娘。

船东习惯性地看了看码头，叹了口气道："算了，就这几个人吧，走咯！来，你们几位，麻烦把身份证给我看一下。"

我第一个把身份证递给船东，然后他用类似扫码器的机器一扫，估计是联网的报警系统，摄影师拿出三张身份证，一张他自己的，另外两张是新人的，最后轮到那个胡子拉碴的年轻人，他在兜里摸了半天，又在行李袋里翻找了半天，说道："不好意思，忘带了！"

船东也不在意，解开缆绳，发动轮船。

轮船慢慢离开了码头的范围，然后速度就提上来了。在江水味道四散的风中，两岸高大的楼房迅速倒退，渐渐变成了巍峨峻峭的悬崖，周围也一下子安静下来了，只剩下轮船轰鸣的马达声和两岸鸟兽的叫声。

船东很快就来了兴致，拉开嗓子唱起了重庆永川（黄瓜山）民谣《穷山变了样》："提起黄瓜山，往事说不完，满山尽是蕨棘草，山上山下石头尖。而今黄瓜山，喜事说不完，高高井架似丛林，雪亮电动照满山……"

船东的歌声穿过水汽，在江面上回荡着，两岸的鸟兽似乎也受到感染，嗨起来了，叫得更大声，与船东的歌声交织在一起。说实话，也许是过度劳累的缘故，船东的歌声并不好听，但大婶仍然是闭着眼睛认真听着,耳朵两边散乱的头发胡乱纷飞,似乎整个人荡漾在船东的歌声中一般。

这样的画面让人很受触动,我想,如果有那么一个人愿意这样聆听的话,别说唱歌,就算腰椎、胸椎、颈椎三椎突出我都愿意。那对新人也很受感染,新郎把西装脱下来,披在穿着礼服的新娘身上,然后两个人紧紧地搂在一起,一脸幸福,倒是那个胡子拉碴的小伙,愁眉苦脸,似乎有什么心事。

当然,我没有精力去估计他的心思,这两天的奔波让我够疲惫的了,我需要休息。一艘小渔船路过的时候,船东把船停了下来,从对面渔船上买了条两尺长的大花鲢,然后递了根烟,侃了一会儿。

回过头来,船东像是展示自己的战利品一样,扬起手中的花鲢开心地说道:"中午我们吃这个,正宗的江鱼,好东西。"

说完,船东将鱼往甲板上一扔,就去开船了,大婶麻利地走过来,将鱼按住,然后麻利地将鱼杀好,将鱼用刀切割好,鱼片和鱼排分开。我内心十分庆幸,自己在这艘船上,见证到柴米油盐酱醋茶的简单幸福,虽然这种幸福很平凡,但却最有味道,难道这世界上还有比柴米油盐酱醋茶更有味道的东西?

经过一会儿的休息,我精神饱满了许多,内心有一种说不出的东西正在涌动,想找个人说说话。可船东在开船,那对新人和摄影师也都很累了,大婶在做饭,都无暇跟我说话,只有那个胡子拉碴的年轻人,此时,他正皱着眉头抽闷烟,脚下已经堆了一大堆烟头,透过薄薄的烟雾,他枯槁的面容更加枯槁。

我走过去,坐在他旁边,问道:"哥们儿,怎么了?看你不是很高兴啊!"

他看了我一眼，深吸了一口，然后将烟摁灭，我以为他要跟我说话，没想到他又点上了一根，连着抽了好几口。我觉得自讨没趣，准备站起来离开。

突然，他开口了："我失恋了！"

听口音，他不像是本地人，说话的时候，目光深邃地看着远方。我再次坐下来，跟他聊起来，其实，在一个陌生的场合，一个陌生的人，是再完美不过的倾诉对象了，因为，陌生人不认识你，你不用担心陌生人会说出去，就算说出去，也不会在你的圈子里说出去，更不用担心说出去之后，再次遇见的尴尬。你们只是短暂的相遇，分开之后谁也不记得谁，说完再见就真的再也不见了。

胡子拉碴的年轻人告诉我，他叫卢小飞，是一家餐厅的厨师，有个女朋友，是她的同事，也是同乡，两个人在一起五年了，准备今年过年回老家奉子成婚，但是，女方的父母找了个条件更好的男人，逼着他们分手，还逼着他的女朋友去医院拿掉孩子，于是，两个人就分手了，说完，他紧锁的眉头舒展了一点点儿，长长地出了口气。

我总算明白了，难怪船上这么好的气氛他都开心不起来，换作是谁，遇到这样的事情也开心不起来啊，不过，看他的样子，应该是缓和了不少。

2

中午，开饭时间。

船东将船停靠在江边的临时码头，说是临时码头，其实就是在岸边弄一根手臂粗的铁杵,停船的时候,把缆绳套在上面,船就稳了。大婶做的香水鱼,用一个巨大的不锈钢盆端上了桌子,虽然卖相一般,但吃起来真的很鲜,外面所谓的江鱼大多都是网箱饲养的,这样野生的江鱼已经很难吃到了。

吃饭的时候,大婶不停地抱歉,说不好意思,自己做饭做得简陋,没有外面好吃。

胡子拉碴的年轻人开朗了很多,笑着说道,大婶,你是不知道,外面做的好吃,全靠各种调料,吃了对身体不好。

吃着吃着,船东忽然一拍脑袋,说道:"哎呀!不好意思,我差点儿忘了,酒!"

说完,船东从里面拿出一大瓶散装酒出来,笑呵呵地说道:"这是正宗的江津白酒,粮食酒,六十度。跟你们说,喝酒,就要喝这种度数高的,以前民国的时候,低于六十度,都是犯法的。"

因为船东下午要接着开船,没有喝酒,而两个新人和照相的,也不喝,我也不怎么喝,最后,那个胡子拉碴的年轻人倒了一大碗,一口就下去了一小半。我觉得他的内心有点困苦了,正好看着酒自己的喉咙也有点痒,于是就豁出去了,也给自己倒了大概四两。

吃完饭,那对新人拿出喜糖和瓜子堆在桌子上,我喝多了,趴在围栏上呕吐起来,但那个胡子拉碴的年轻人虽然喝了两碗,但面不改色,过来给我拍背,等吐完之后,我心中如火烧一般,只能趴在围栏上,大口地喘着气,后悔不已。

这时,大婶煮好了苦丁茶,端了一盅给我,让我解酒,喝完苦丁茶后,我感觉好多了。那对新人也正和照相的一起,聚精会神地盯着相机屏幕选照片。不出意外的话,那些最好看的照片,将会被冲洗出来,装裱之后挂在卧室的墙上,见证自己一辈子的幸福。

下午，我还是和胡子拉碴的哥们儿聊天。

他问："你没事吧？"

我摇了摇昏沉沉的脑袋说道："没事！"谁知刚说完，喉咙一阵抽搐，我就又趴在围栏上吐了起来。

吐完之后，他告诉我："其实，我的话只说了一半，我女朋友的家里，确实找了个条件比较好的男人，但是并没有逼着我们分手，只是说要彩礼，十五万，因为那个男人给的彩礼是十五万。"

说话的时候，他的目光如同风中的火苗一般漂浮着，语气也像江面一样平静，仿佛是在讲别人的故事。我觉得，这时候能充当一个倾听者，也无疑是对他最大的帮助。

我问他："然后呢？"

"十五万啊！"他的情绪不再平静，"除了彩礼，还要办两次酒席，女方家那边一次，自己家里一次，虽然收得到份子钱，但别人结婚的时候份子钱全得还回去，两次酒席的钱，加上彩礼，要二十多万！"

"确实有点多了！"我顺着他说道。

他接着说："我一个月就那么点钱，一年下来就存那么几个，爸妈整天面朝黄土背朝天，也拿不出什么钱。你说，我能怎么办，我总不能眼睁睁地看着我的宝宝没了吧，然后再眼睁睁地看着自己的爱人嫁给别人！"说到这里，他靠着围栏蹲坐在地上，双手揪着自己乱糟糟的头发，哭得像是个失去心爱玩具的孩子。

我没说话，只是蹲下去坐在他的旁边，这个时候，沉默，应该是更好的劝说。他尽可能地压抑着自己的哭声，哽咽着，除了船东之外，其他人都被他的哭声惊动了，朝这边走了过来，我做了嘘的手势，示意他们别管，他们也很配合，都若无其事地投入到了各自的事情中。

过了不知多久,他哭得累了,接着说道:"我没那么多钱,我就去她家里,求她的妈妈,说先给五万,剩下的打欠条,我发誓一定会给他们,但是他们不同意,还把我赶了出来,又过了两个星期,打电话,说她要嫁人了,要跟我分手。"

"谈了这么久!怎么能说分就分?"他接着说道,"我让她再给我点时间,她答应了,说再给我半个月,可半个月后,我还差十万,十万啊,我哪里去找这么多的钱?可是我还是得去找啊,我不找怎么办呢?"

"但我没读过书,我傻呀!"他绝望地拍打着自己的脑袋,接着哭诉道:"我到处想办法借钱,可谁愿意借给我啊?没办法,我当时没忍住,我就不该从那么扎堆玩牌的地方经过啊……"

他已经泣不成声,说话断断续续,逻辑混乱,我总结了一下,大概是说,他走投无路之下,经过一家麻将馆,看见了一群扎堆打大牌的人,看见了他们身前一沓沓崭新的钞票,于是他犹豫了一下,决定拼死一搏,然后,就像大多数相信自己运气好的人一样,他将自己那仅有的五万块也输得一干二净。

对他来说,一瞬之间,一切化为乌有。在这种情况下,他选择了逃避,踏上了这条船,得过且过,等挨完这两天一夜的旅程,再逃往下一个地方。此时,我已经不知道如何安慰他了,赌棍我见得多了,大多是好逸恶劳,好吃懒做的,但像他这样的情况,复杂程度超出了预料之中的范围。我不能站在道德的制高点批评他,更不能站在圣母的角度去同情他。

总而言之,对于现在的他,我说什么,都是错的。但是,我觉得,他的日子应该过下去。我告诉他:"过去的都过去了,你应该开始新的生活，虽然新的生活肯定会很艰难，但总会比你现在好得多……等晚上船停靠的时候，你就上岸吧！"

对他说这句话的时候，我特地强调了上岸两个字，因为"上岸"是个一语双关的词语，除了离船上岸，更有脱离赌博的意思。在我看来，凡是沾上赌博，戒掉是很难的，比戒色、戒其他什么的都难，大家看看百度戒赌吧的人数就知道了。

后面，我跟他说了很多，内容大多重复，无非就是让他看开点，不要想不开之类的，反正就是比较废话，只是这些废话经过包装，让人听起来可以接受。其他人也听出了究竟，纷纷安慰他，也不知道起作用没有，不过，傍晚在码头停靠的时候，他并没有下船，我不禁有些担心，觉得他很难从自己的悲伤中走出来。

悲伤这种东西，跟下象棋一样，旁观者清，当局者迷。我们之所以觉得能理解别人的悲伤，是因为我们在看别人悲伤的时候，看到的只是表象，而不是深层次的、千丝万缕的东西。不过，我坚信眼前这个胡子拉碴的年轻人已经走出来一点儿了，因为，下午的时候他号啕大哭倾诉了一场，当一个人的悲伤，从压在心底的悲伤，变得可以展示给别人之后，就已经被稀释了。

而在这个过程中，除了号啕大哭和倾诉之外，整整一个下午，那个胡子拉碴的年轻人都背靠栏杆坐着，一动不动。

夜色渐浓，船上掌了灯。

那个胡子拉碴的年轻人终于动了一下，在荷包里摸索了半天，最后掏出一个空烟盒,捏扁了悻悻扔进垃圾桶里。他可能是坐久了,脚麻了,扶着栏杆才完全站起来,然后进了驾驶室,出来的时候,他的嘴里已经叼着一根手卷的叶子烟,应该是找船东要的。他叼着叶子烟猛吸了一口,然后咳嗽起来,看来应该是没抽过,一口闷太深,被呛到了。

咳嗽完之后,胡子拉碴的年轻人像是换了个人一般,挺直胸膛,瞪大了眼睛,感觉比下午颓废时年轻了十岁。他定了定神,朝我这边点了点头,然后帮大婶做晚饭去了,大婶推辞了几下后,就把整个厨房全权交给他了。

随着厨房里传来炒菜的"呲呲"声,香味从厨房中溢出,在江面上弥漫开来。大婶坐在我旁边,对这位年轻人赞不绝口:"人长得撑头,做菜比我们妇道人家还好,以后随便在哪里都可以讨个好媳妇儿。"

正在炒菜的年轻人被这么一夸,朝这边看过来,然后不好意思地笑了笑,继续炒菜,这是他上船之后的第一次笑。

半个小时之后,月亮和星星都出来了,船东停下船,我们一行人在轮船昏暗的灯光下围了一桌,准备吃饭。桌子上菜色丰盛,鸡鸭鱼肉应有尽有,可见船东老两口都是慷慨之人,按照我们上船的价格,照这么吃两顿,肯定没什么赚头,另外,抛开味道不谈,就单从摆盘上来说,这个胡子拉碴的年轻人厨艺绝对精湛,摆出来的兔子、鸟儿,惟妙惟肖,让人不忍下口。

因为晚上不需要行船,船东也来跟我们一起喝酒,我因为中午喝多了,晚上没有再喝,就只能看着船东和那个年轻人一起喝。船东几杯酒下肚之后,有些酒酣耳热了,开始给我们侃他年轻时走南闯北的豪迈,还讲了年轻时是怎么征服老丈人,将大婶娶回家的。

说到这里的时候，大婶脸红了，骂他"老不正经"。

船东笑道："不正经好啊，要是正经的话，怎么能娶到你！"

"快吃你的菜！喝几杯就说胡话！"大婶脸更红了。

新郎跟着也笑了，新娘在新郎的胳膊上揪了一下，然后瞪了新郎一眼，新郎赶忙收起笑容，一脸严肃。就这样，我们在船东"不正经"的快活气氛下，吃完了晚饭。

吃完晚饭，新郎和新娘就休息了，我虽然疲惫，但平时经常熬夜写作，生物钟已经定死了，不到凌晨根本睡不着。于是我走上甲板，稍作休息，而那个胡子拉碴的年轻人正对着镜子刮胡子，见我走过去，便停了一下，笑着跟我打了个招呼。

"咳咳！"船东清了清嗓子，又开始在船头歌唱："黄狮，黄狮马马，请你家公家婆来吃朒朒，坐的坐的轿轿，骑的骑的马马……"

这首方言歌我小时候唱过，黄狮马马是蚂蚁，家公家婆是外公外婆，朒朒是肉。小时候，我们逗蚂蚁，先就用捉来的昆虫摆好"宴席"，然后唱这首歌，蚂蚁就来了。

现在船东唱这首歌，估摸着是想孩子了。我旁敲侧击地试探着问了一下，船东就借着酒劲打开了话匣子：七八年前，因为他反对儿子的亲事，儿子一生气，就从码头坐船跑了，从此杳无音信，现在，老两口就在江上跑船，顺道等儿子回来。

我想，船东说反了，应该是，老两口在江上等儿子归来，顺道跑船。

那个年轻人刮完胡子，坐到我旁边，乍一看，像换了个人似的。也许是受刚才船东歌声的影响，年轻人也唱了起来："哎——月亮出来亮汪汪，亮汪汪，想起我的阿哥在深山，哥像月亮天上走，天上走,哥啊哥啊哥啊,山下小河淌水,清悠悠……"

我愣住了,我还是第一次听到这么优美的歌声。在我的印象中,身边的朋友,基本上全部都是靠声音的大小来找调调,低音的地方声音就小点,高音的地方声音就大点,但眼前这个年轻人的歌声,柔美而不失阳刚,婉转而不失轻快,让人不禁联想到有些靠情歌来找对象的地方。

唱完歌之后,年轻人坐到了我旁边,告诉我,他们老家有唱山歌的习俗,整个村子,就他唱得最好听,后来,他就是靠唱刚才那首歌,找到了女朋友。说到女朋友的时候,他的情绪再次低落下来,恢复到刚上船的那种状态。

我拍了拍他的肩膀:"凡事想开点,你还年轻,你歌唱得好听,做菜又好吃,以后机会多的是。"

他长长地出了一口气,说道:"多亏遇到了你们,不然我不知道今天会做出什么蠢事来?刚输完钱的那几天,我什么也不做,一天到晚脑子里尽想着怎么弄钱,甚至差点儿去抢……"

到后面,他的声音小得听不见,但从他的语气里,我还是替他庆幸,虽然犯了错,把钱输掉了,但大是大非还是明白的。像他这样的年轻人现在已经不多,而且他很年轻,只要肯下功夫,以后一定可以混得不错。

片刻之后,年轻人又唱了起来,歌还是刚才的那首歌,调却不是刚才的那个调了。他的歌声,低沉,压抑,悲伤,让人怆然泪下,总而言之,有一种文字难以描述的悲伤在里面,如果非要用文字描述的话,我相信一句话特别适合:一曲长调长,一曲魂断肠。

唱完之后,他就回去休息了,我在夜风中吹了一会儿,也休息了,除了偶尔传来的鱼儿落网的声音,江面也一片平静。那天晚上我睡得格外好，因为，我觉得我帮助了一个年轻人，谈不上拯救，只是朋友之间那种单纯的互相帮助而已。

4

第二天一大早，我就醒了，那时太阳也还没有出来，天边也只是一道鱼肚白，那对新人已经站在甲板上，配合着摄影师拍摄下了一组照片。那个年轻人也已经起来，在一个深红色的塑料盆子里洗头。大婶正在做早饭，船东则在哼哼哈嘿地吞气吐气（估计是在锻炼身体）。

我接到同事打过来的电话后，买了中午的动车票，所以打算吃过早饭就走，早饭吃的是很有重庆特色的汤圆，我因为要走了，吃得最多，想尽可能多地留一点儿东西，毕竟，这一趟我的旅途就要结束了，下一次吃还不知道是什么时候。但让我惊奇的是，那个年轻人吃得比我还多，弄得大婶最后只得又去煮了点。

吃过早饭，我就在就近的码头上岸了，没想到那个年轻人也跟着我一起上岸了。

我问他："你下船这么早干吗？"

他笑着反问："你呢？"

我说："我有事！"

他说："我也有事，而且是急事？"

我问："什么急事？"

他说："自首！"

他告诉我，其实，输完钱之后他就去抢了，然后被列为追逃，我点了点头,难怪昨天他说没带身份证。走到码头警务室的时候,他转过身来,笑着点了点头,然后走了进去。

坐在动车上,我依旧在回味,昨晚那个年轻人的歌声。那是一种怎样的曲调啊?无奈?后悔?痛苦?悲伤?惆怅迷茫?失落?绝望?

不论用什么语言来描述,都让人觉得力度不够。非要用一句话描述的话,还是那句话:一曲长调长,一曲魂断肠。

三、最漫长的告别

但这次不管她怎么揉,她的眼泪再也止不住了……

1

杏芳是个善良的姑娘,和老林结婚三十五年了,一直都相敬如宾。杏芳和老林生了一儿一女,儿子俊贤三十四岁了,结婚三年,有个两岁的宝宝,俊贤从小就把老林当作偶像,所以跟老林一样,是个好丈夫,更是个好爸爸。女儿俊秀比儿子小七岁,两年前嫁到了外省。

按理来说,老林这个年纪,应该坐享天伦,每天喝喝茶,逗逗鸟儿,搓搓麻将,跳跳广场舞。但是他闲不住,就又在距家二十公里外的工地找了份工作,负责看守工地的材料,工作其实十分清闲,每天坐在板房门卫室里,烤着小太阳打盹儿就行了。

杏芳则守在家里,每天中午、晚上做好饭,用保温桶给老林送过去。杏芳是那个年代过来的人,怎么都闲不住,每天在家里织毛衣、纳鞋底,天气好的话还自己做咸菜。儿女说过她很多次,她表面上答应着,等儿女一走,就又忙活起来。

这天,杏芳照例做好午饭,但不用给老林送到工地去,因为今天是她和老林结婚三十五周年的纪念日。结婚三十五年了,每年的这一天,老林不管多忙,都要回家和杏芳一起吃一顿饭,风雨无阻。

饭做得差不多了的时候,杏芳给老林打了个电话,但还没接通就被老林挂掉了,杏芳知道,老林这是就要到家了,所以不接电话了,省点电话费。但过了半个小时,老林依然没有到家,杏芳又打了一次电话,依然是没接通就被挂掉了。这时的杏芳,突然想起早上右眼皮跳得很厉害,她开始有点担心老林了,于是就从二楼下来,坐在大门口,等老林回来。住在郊区就有这点好处,家里来人来客,多远就能看见。

一个小时之后,老林那辆破电驴儿终于出现在杏芳的视野中了,杏芳兴冲冲地站起来,用围裙擦了擦油腻的手,挽了挽耳朵两边的头发,内心激动地像个背着爸妈偷偷见男朋友的少女。

老林的小电驴儿终于来到了门口,不过老林没有下车,也没有拔钥匙。杏芳心里疑惑,这老林做事毛躁,是不是忘了买礼物,不敢下车,但一抬头,却发现老林阴沉着脸,结婚这么多年,老林这样的脸色她还是第一次见,杏芳一时有些慌乱,也有些不知所措。

老林突然趴在小电驴儿上咳嗽起来。

杏芳是那种刀子嘴豆腐心的女人,佯装生气地批评老林:"你看你，几十岁的人，还感冒了，看病又要花钱！"

老林咳得更凶了，脸都憋红了，杏芳看得心疼，上去拍老林的背，希望老林咳得通畅一点儿，却被老林一把推开，老林又咳嗽了几声，才冷冷地说道："我们离婚吧！我在外面有人了！"

老林说完，还没等杏芳反应过来，就发动小电驴走了，杏芳站在院门口，直愣愣地站了半天，然后突然倒了下去。老林的小电驴已经骑出去一百多米，也许是于心不忍，回头看了一下，这一看不打紧，正好看到杏芳倒地，杏芳倒地的时候，额头在地上磕了个窟窿，顿时血流如注。

老林赶忙骑着小电驴赶回来，一个箭步跑过去，抱住杏芳的肩膀，喊道："老伴儿，老伴儿，你怎么了？"

无论老林怎么摇晃，怎么叫喊，杏芳的眼睛都紧闭着，一动不动。厨房里，蒸菜锅里的水还咕嘟咕嘟地沸腾，不断地冒着热气，而蒸菜还放在案板旁边，也许再也不会放进蒸锅里去了。

经过三个小时的手术，杏芳的命算是抢回来了，医生告诉老林，命是抢回来了，但因为大脑皮层受到了损伤，可能会出现某种程度的失忆，另外，因为病人有心脑血管病史，不能受刺激。

接下来的两天，老林都在病房里守着杏芳，中途杏芳醒过来一次，看了看老林，眨巴了一下眼睛后又昏睡过去了，整个过程也就几秒钟。第三天深夜的时候，杏芳在说梦话，呼喊着老林的名字，一边喊一边哭，老林紧紧握住杏芳的手，杏芳竟慢慢消停了，安静地睡了过去。

第四天中午，杏芳醒了，在老林的帮助下已经可以坐起来了，而且目光清澈，人也比较清醒了。看见坐在床边的老林，杏芳一脸惊讶地说道："老林，你怎么没去工地，在这里坐着干什么？我怎么在医院里？"杏芳想弄清楚原因，可一用脑子，脑袋就钻心般的痛起来，老林赶忙上去，扶杏芳躺下。

果然如同医生说的那样，杏芳失忆了，不记得老林提离婚的事情了，老林问过医生，能不能恢复。医生很遗憾地告诉老林，恢复是不可能的，而且还会加重，只能通过物理疗法，来减慢病人失忆的速度。

其实，刚开始知道杏芳失忆，不记得离婚的事情，老林还是有些庆幸的。在杏芳受伤之后，几年没回家的儿女也都赶回来了，儿女们问起杏芳受伤的原因时，老林只说是杏芳不小心摔倒了，对自己提离婚刺激杏芳的事只字未提。现在杏芳不记得了，这件事就不会再有其他人知道了，不过，得知杏芳的失忆会加重，老林还是有些担心，万一加重到都不认识自己了，怎么办呢？但就算如此，自己又能怎么办呢？

好在接下来的几天，杏芳的失忆并没有加重太多，连上个月23号，老林半夜买烤红薯，半夜给她送回家她都还记得；杏芳还记得，那天晚上，老林因为淋雨感染风寒，咳嗽得厉害，半个月也不见好。那天晚上，她还骂了老林，说他几十岁了还不懂照顾自己，还要老伴儿担心，骂归骂，但那天晚上她还是和老林一起把香喷喷的烤红薯吃完了。

自从杏芳醒过来后，老林一直都在担心，担心杏芳的失忆是装出来的，是杏芳和医生串通好了，一起来骗自己的，目的就是不跟自己离婚。但他很快又确定，杏芳是正儿八经地失忆了，而且这种情况正在加重，因为，两个星期之后，杏芳连自己生过女儿都不记得了，只记得自己生过儿子，她不认识自己的女儿了。

见到女儿的时候，杏芳还百般讨好这个漂亮的"陌生女孩"，因为不记得儿子结过婚,杏芳还希望眼前这个"陌生女孩"和儿子都沟通沟通,同时叮嘱儿子主动出击,将"陌生女孩"追回家当媳妇儿,让人哭笑不得。

但老林杏芳是记得的,只是一直抱怨,说老林不听话,一天忙着挣钱养家,老得太快。虽然杏芳真如老林所愿失忆了,但老林怎么都高兴不起来,甚至有些后悔,如果可以重来的话,他宁愿没说出"离婚"两个字,杏芳就不会受刺激,就不会落到这般田地,如果可以的话,老林宁愿躺在病床上的那个人是自己,别说失忆,就算翘辫子他都愿意。

遗憾的是,世界上没有如果的事,当说出"如果"两个字的时候,就已经没有如果了。

2

过了几天,虽然杏芳的失忆依然在加重,但是身体状况却稳定下来了,老林跟医生商量之后,就办手续带杏芳出院了。

这时候,儿子和女儿已经回去工作了,老林将杏芳接回家照顾,这时的杏芳已经连儿子都不记得了,她笑眯眯地问老林:"老公,你说,我们生个儿子好不好!"

老林强撑起笑容,说道:"好!"

杏芳噘起嘴,说道:"哼,你当然说好了,又不要你生!我要生一对双胞胎,两个在一起才有玩伴,要是只生了一个,我要你再赔我一个。"

老林的眼眶有些湿润,杏芳说话的样子,除了容颜苍老声音衰弱之外,语气和神情跟当年一模一样。当时,老林和杏芳刚刚结婚,老林顶了父亲的班,在火车站修火车,看着日子在越过越好,吃完饭后,小两口慌慌张张地商量要孩子的事。

晚饭,老林做了杏芳年轻时最爱的卤鸡脚,但杏芳不吃,杏芳说,卤鸡脚香料太多,吃了对宝宝不好,现在打算要宝宝了,所以不能吃。老林因为近日心力交瘁,想喝酒提提神,也被杏芳一把按住酒杯,理由也是因为想要宝宝,不许老林喝酒,老林鼻头一酸,放下酒杯,可劲儿地给杏芳夹菜。

第二天,老林去工地辞掉了工作,生平第一次去书店,在其他人异样的眼光中,抱了一大堆关于恢复记忆的书回来。确实,在这个互联网横行的时代,肯掏钱买书的人少,而像他这样肯掏钱买一堆书的人,比娱乐圈不出轨劈腿的好男人还少。

从书店出来,老林还顺带在旁边的古董一条街买了副老花镜,回家之后,除照顾杏芳之外,就一头扎进了书里,希望可以找到能够恢复记忆的方法。经过长时间的研究对比,老林发现成功率最高,并且有可操作性的方法就是刺激。

怎么刺激呢?老林想了很久,最后决定将儿子女儿的房间恢复到他们生下来之前的模样,那个时候,杏芳还没有怀孕,但已经开始为宝宝的到来做准备。每次去大市场,杏芳都会买些婴儿服和玩具,因为杏芳计划的是龙凤胎,或者两胎一儿一女,所以不论买什么,都要买两套,男孩儿的一套,女孩儿的一套,买回来之后,杏芳就会跑到那个为宝宝们准备的房间里,开始布置。

每次布置完,杏芳都会把那两个房间锁上,不让老林看,说是到时候给老林惊喜。

终于有一天,老林趁杏芳去买菜了,偷偷拿了抽屉里的钥匙,打开了两个房间的门，走进去之后，老林吓了一跳，两个房间都被杏芳布置得十分温馨，玩具、装饰、衣服一应俱全，而且收拾得十分整洁。不知道的人还以为，里面已经住着宝宝了，只是现在宝宝跟妈妈出去玩去了。

现在，轮到老林来布置那两个房间了，每天晚上，等杏芳睡着之后，老林就会偷偷地爬起来，钻进那两个房间开始布置。有几个晚上，老林起床的时候，不小心把杏芳吵醒了，在杏芳的追问之下，老林假装咳嗽几声，说自己喉咙不舒服，起床找水喝，这才将杏芳瞒了过去。每次在房间里忙活完，老林就像当初的杏芳一样，用一把锁将两个房间锁起来，免得杏芳提前闯进去，影响"刺激"的疗效。

不过，这次老林布置的房间要比当年杏芳布置时难很多，因为已经过去三十多年了，当年的那些衣物、装饰、玩具，现在已经很难再找到了。

老林每天都在行动，冒着被别人误认为是蹭免费公交买馒头的老人家，不停地在城里、郊区的各个大街小巷穿梭，一点儿一点儿地找。就这样，老林找了一个多月，那两间房间差不多才恢复到当年的样子。

这段时间老林白天在买东西，晚上布置房间，腰都快累断了，最难的是，每天还得编造不同的理由向杏芳解释，自己消失的时间到底干嘛去了。好在这段时间杏芳的失忆减缓了，为老林的"刺激"治疗计划增添了几分信心。

那两间房间弄好之后，对于何时让杏芳进去接受"刺激"，老林一直都没想好。这天，杏芳嚷着要吃西兰花，因为吃了，对宝宝好，于是老林就把杏芳一个人留在了家里，然后就出门买西兰花去了。

到了菜市场掏钱的时候,老林这才发现没带钱,他心里突然一凉,因为,他也忘带钥匙了,就像当年老林偷偷用钥匙打开孩子的房间一样,杏芳也偷偷用钥匙打开了房间。

老林刚到家门口,就听见了杏芳的哭声,他赶忙撞开门冲了进去,发现杏芳正披散着头发坐在地上,泣不成声。

杏芳抬头看见老林进来,第一句话就是:"老林,我们不离婚好不好……"说完,杏芳的呼吸变得急促起来,然后猛然倒在了地上,好在这次老林眼疾手快,杏芳没有再磕着哪里。

送到医院之后,医生好好地批评了老林一番。他早就跟老林说过了,病人心脑血管有问题,不能受刺激,现在又搞成这样,不知道老林这个丈夫是怎么当的?不过好在送医及时,算是救过来了,下次就不一定有这么好的运气了。

老林被说得连连点头,为自己的冒失感到羞愧。当天傍晚,杏芳就醒过来了,但因为受了刺激,杏芳又变成了失忆的状态,接下来的几天,杏芳一直住在医院里,老林也格外小心,生怕又刺激到杏芳。经过三天的观察期,杏芳的状况已经稳定下来了,于是就跟着老林出院了。出院的时候,医生再三叮嘱,杏芳不能再受任何的刺激了。

从医院出来后,可能是因为受了刺激,杏芳的失忆症突然加重了,一天早上醒来,杏芳连老林都不认识了。他怔怔地问老林:"林叔叔,我,我怎么在这里?"因为老林和父亲长得神似,杏芳将老林看成他父亲了。那时候,老林和杏芳还没有谈恋爱,两个人只是有好感,因为害羞,杏芳每次写好信都不好意思直接给老林,只能让老林的父亲转交。

老林愣了一下，杏芳继续问道："林叔叔，我怎么在这里啊？你家林欢呢？"林欢是老林的名字。

老林定了定神，心想外面天冷了，不能让杏芳到处乱走，便学着当年父亲的口吻说道："傻孩子，你睡久了睡傻了吧？这是你家啊，我家小林子在外面进修呢，他写了封信，让我给你带过来。"

"我家？"杏芳半信半疑地坐下来，趁此机会，老林悄悄打开抽屉，从抽屉的最里层拿出当年写给杏芳的信，抹干净灰尘后递给杏芳。当年结婚的时候，他和杏芳一起，把两个人之间写的信收起来，放在抽屉的最里面。

杏芳接过信，羞红了脸，躲在一边偷偷看起来。看完之后，杏芳说道："林叔叔，你等我一下，我给林欢写一封信，你给带回去。"

杏芳拿出纸和笔，飞快地写出来，写到高兴的地方，就会停下来，捂嘴偷笑一会儿，接着偷偷瞄一眼旁边的"林叔叔"，然后继续写信。看着这一幕，老林仿佛回到了年轻时跟杏芳刚刚谈恋爱的时候，那时候老林在外面进修，累得死去活来，每天回家，最高兴的事情就是从父亲那里接过杏芳写的信。

写好信之后，杏芳将信递给老林，老林当着杏芳的面收好信，然后假装成自己的父亲，以一个访客的身份，从自己家里出去了。出门之后，老林没敢走远，毕竟他要照顾杏芳，杏芳一个人在家，他不放心。

老林从楼顶的小库房里抱了两床厚棉被，然后在一楼的房间里打了地铺，晚上就住在那里，晚上气温骤降后，老林又爬起来，悄悄打开二楼的门，给熟睡的杏芳加了床被子，这才放心地回到一楼。

躺回到一楼的地铺里，老林剧烈地咳嗽起来，咳嗽一阵之后，嘴里传来一阵腥甜，老林心里一惊，赶紧打开灯，这一开灯他吓了一跳，自己咯血了。那天晚上，老林咳嗽了好久好久，咳过之后，他就披着衣服坐在了地铺上。

老林的内心挣扎着，到底要不要向儿女们坦白。

等第二天一早老林支起虚弱的身体爬起来的时候，杏芳的失忆又加重了，连老林的父亲也不记得了，看着老林像看着个陌生人，这时候，老林终于决定，要向儿女坦白了。

3

那天早上，老林上楼去看杏芳，只见杏芳瞪大了眼睛，像看一个陌生人一样看着老林，问道："你是谁？"

老林一下子急了，指着自己说道："我是林欢啊，不，我是林叔叔。"

"啊？哪个林叔叔？"杏芳继续问。

老林急中生智，说道："我是你的语文老师，今天我来家访，看你有没有认真在家做作业。"

杏芳有些疑惑："李老师？不对啊，你不是李老师，李老师戴着眼镜，而且没你这么老！"

老林又开动了一下脑筋，煞有其事地说道："你那个李老师他生病住院了，我是代课老师，我姓林。"

杏芳又问："李老师生病了，得了什么病？"

老林正要开口，突然剧烈地咳嗽起来，老林一边咳一边说道：

带不走的只有你

"就是我……这种病,很严重的,你快做作业去。三年级语文,第四十七页,快做,我一会儿检查,咳咳……"说完,老林将儿子小时候三年级的课本扔给杏芳,然后捂着嘴继续咳嗽起来。

老林咳了十分钟,这才消停下来,他摸索出电话,然后拨通了儿子的电话:"俊贤,今天爸要跟你坦白一件事情。"

俊贤在电话里问:"爸,今天是什么风啊,你要坦白什么事情啊?妈现在的情况还好吧?"

老林又咳了两声,对着电话说道:"你妈还好,听着,我要给你们兄妹坦白一件事。"

俊贤说道:"哎呀!爸!你别开玩笑了,忙完这几天我就回家一趟,到时候我们父子俩,一边喝酒一边说,我先上班了啊!"

"别挂!听着!"老林嘶吼起来,因为嘶吼过度,声音沙哑了,但语气依然淋漓,"你妈的脑袋不是自己摔的,是让我给气的,因为我要跟他离婚。"

"什么?"电话那头,俊贤的声音急了,"离婚,不是,过得好好的,你为什么要跟妈离婚啊?你平时是怎么教育我和妹妹的,说什么家庭幸福才是真的幸福,你现在却要和妈离婚。"

老林在接电话的间隙瞄了一眼杏芳,杏芳正认真地做着老林刚才安排给她的作业,老林抹了一把眼泪,用已经沙哑的声音继续对着电话说道:"我生病了,肺癌,晚期,我不想拖累你们和你妈。"

说完,老林挂掉了电话,连着抹了好几把眼泪。

"林老师,林老师,这个字读什么?"杏芳指着课本上的一个生僻字说道。

老林看了一眼,自己也不认识,便用沙哑的声音说道:"遇到不认识的字,不能光问,要学会自己动手查字典,先查偏旁……"

老林回忆着当年教儿女查字典时的样子，有模有样地查起字典来。

另一边，俊贤得知老林重病的消息之后，立马通知了妹妹俊秀，两人一起坐飞机，马不停蹄地赶回家。但即便是坐飞机，等他们赶到家时也已经晚上十点，他们上了二楼，发现老林正带着老花镜坐在床边，杏芳正眯着眼睛。

老林看见站在门口的儿女，轻轻地朝他们做了个"嘘"的手势，然后继续讲故事，两兄妹站在门口，含着泪默默地站在那里，等老林把故事讲完。

老林的声音依旧沙哑："外婆坐了下去，屁股就粘在凳子上了，不一会儿，尾巴又着火了，她赶紧跑，可身子粘住了起不来，只能抱着凳子跑。外婆正准备往外跑，又被水桶弄倒了，她连滚带爬，好不容易跑了出去，扑通一声，又掉进了水井，第二天，妈妈回来了，看见孩子安然无恙，高兴极了！"

讲完之后，老林合上故事书，艰难地支起身子，朝门口的儿女走去。突然，背后传来杏芳半梦半醒的声音："林老师，你明天还来给我讲故事吗？"

杏芳得到了满意的答复，睡了过去。老林刚走到门口，就身子一软，瘫了下去，好在有俊贤和俊秀把他扶住。

当天晚上，俊贤和俊秀分工，俊秀在家里守着杏芳，俊贤把老林送到了医院。

一到医院，老林就被送进了急诊室，俊贤在急诊室外面焦急地等待着，坐立不安，时而站起来踱步，时而抬头望着天花板发呆，终于，急诊时的门开了，出来一个护士，喊道："哪位是林欢的家属？"

俊贤赶忙跑过去:"我是,我爸他怎么样了?"

护士摇了摇头,叹了口气:"他有话跟你说,抓紧时间。"

急诊室里,老林的气息已经很微弱了,俊贤弯下腰,耳朵贴在老林嘴边,仔细地聆听着。老林嘴巴一张一翕,声音微弱得几乎听不见,断断续续地说道:"俊贤,我……不行了,你是……男人!照顾好……你妈,还有……你妹妹……我希望,你妈……不要以……爱人的身份……出现在……我的……葬礼上……"

说完,老林脖子无力地垂落在枕头上,慢慢地闭上了眼睛,另一边,俊秀在家里守着杏芳,如同奇迹一般,杏芳的记忆恢复了一点儿,到了少女时期。俊秀十分激动,正要打电话告诉俊贤这个好消息,俊贤的电话却先到一步,带来了老林的死讯。

按照当地的风俗,老林的葬礼要在三天后举行,下葬之前,俊贤和俊秀给亲戚们说明了杏芳现在的情况,因为现在杏芳失忆了,所以让大家不要跟杏芳说话,免得刺激到杏芳,因此,杏芳以一个"陌生人"的身份,"旁观"了这场葬礼。

看着眼前的葬礼,杏芳不知怎么的,竟有点想哭,她揉了揉眼睛,感觉好了一点儿,突然,杏芳发现,好像死者的爱人没有参加这场葬礼,杏芳敲了敲旁边人的胳膊,问道:"他爱人怎么没来呢?"

杏芳问的那个人是他们家的亲戚,那个亲戚没有说话,朝俊贤和俊秀递过去一个求助的眼色,俊贤叹了口气,说道:"他爱人可能还在路上吧?"

"还在路上,那真是可怜。"杏芳露出同情的神色。

俊贤极力忍住内心的悲伤,克制住哽咽说道:"他最后说的一句话,就是希望他的恋人不要出现在他的葬礼上,所以,他不可怜。"说着,俊贤已经克制不住,流出眼泪来。

杏芳淡淡地说:"我不是说他可怜,我是说他爱人可怜,最后都不能出现在他的葬礼上。"说着,也不知为什么,杏芳感觉自己的鼻子有点酸,她揉了揉鼻子,感觉好了许多,但马上眼泪就流出来了,她又去揉自己的眼睛。

但这次不管她怎么揉,她的眼泪再也止不住了……

四、K叔，欠你一碗般若汤

人到中年的我，对一些名字容易忘记，就像我忘记曾经热血的梦想一样。但——K叔，我忘不了，我还欠他一碗般若汤。

1

我是在十几年前南方的小镇里结识退役老兵K叔的。K叔——整个镇子里的人都这么叫他，显然，这不是他的真名，因为他从不提及真名。

K叔在打架的时候，一句"借酒装疯，让你丫的流鼻涕"绝对会笑翻全场。他还使得一身自创的"皮带拳"，讨厌李元霸那样笨重的大铁锤，试想一下，这大家伙要是砸在肩膀上，肯定是粉碎性骨折，砸到脑袋上，小命就没有了。

K叔不是"三板斧"的程咬金,情急、愤怒中会做傻事。K叔,只用自制的皮带防身,在舞得密不透风中,蜻蜓点水地让对方的鼻子"流鼻涕"。

将对方鼻子弄出血说成"流鼻涕",这让我对K叔有了一种莫名的敬重。

我属于比较容易感伤的人,家道中落,为了某种固执,来到了这座"不需要"记住名字的小镇。谁曾想到,若干年后,我会写出这遗忘在风尘中的故事。

那年我二十三岁,按照老板娘的要求,留着她精心设计的"鸡冠头",在街口转角的发廊里洗头。我不喜欢这样的工作,时常在给顾客洗发产生泡沫的情景里,奢想着能早日离开小镇。

在烟熏火燎、火星四窜中,撸串、喝酒、神侃、瞅瞅路过美女的摇曳风姿……是小镇夜晚最亮丽的景色。

K叔看好这样的市场,在靠近小广场的路边经营着一家大排档。这一干,就是十个年头。我曾对他说:"你现在做的是酒鬼的生意,谁叫你们家自制的梅子酒太好喝了,让不是酒鬼的人也成了酒鬼。"他听了,乐滋滋地咧嘴一笑,"小伙子,你嘴挺碎,K叔喜欢。"

"能和一个人成为朋友,这是修来的福分。"我妈妈经常告诉我这句话。后来,又演变成"能和一个人在成为朋友后交心是最幸福的事"。

酒是话的媒人,就像一边吃K叔家的烧烤,一边喝着香气扑鼻的梅子酒的顾客一样,他们打开话匣子,在觥筹交错中忘却烦恼,在深夜时分慢腾腾地直起身,打着醉拳出去。

我乐于见到这样的情景,也曾和他们一样,夜风中,酒意作祟,回头一瞥K叔的金字招牌"K叔炭烧",再迷迷糊糊地跟他道声再见。

不苦闷的人不知道酒的重要性,酒后的狂笑那不是真的笑,那是作为男人不能流泪的最佳发泄。有几回,我想离开小镇的意愿十分强烈,K叔就和我痛饮起来,中途我就半醉了,我一手撑墙,沿着墙面一直走,像一条似乎永远都在流水的沟渠,腰自觉地一弯,一阵狂吐后,回去接着喝,再后来,我醉得不省人事了,待天明醒来,发现自己正躺在K叔店里的小木床上。

记不清这样的事有多少回了,只是现在想起来,有那么一段的怅然。

每晚到"K叔炭烧"的客人大致分为两种:一种是小喝几杯,然后悠闲回家;另一种是之前已经在酒吧喝过一两场了,出来再接着喝。前种人,基本上不会闹事,他们享受着"小国寡民"的生活,绝不像李香兰那样充满曲曲折折的人生。后种人大多都是大着舌头而来,再加上坐在炭烧炉前被那热烘烘的温度一烤,顿时更加的红光满面,那酒意迅速上头上脸,就算再木讷的人也变成了话匣子。若本身就是天南地北任我侃的,又在这样的场合,难免更加"血气方刚",起冲突是在所难免的。

路边大排档的午夜就是一出精彩的浮世绘,有意思得很,当然,更有意思的是K叔,没有点真功夫,是不敢在这里开大排档的,偏偏有那么一些人不信邪……

场面很像一部部"古惑仔"样的电影,我不止一次见到那嗡嗡作响的嘈杂。

有人仰头一口干,而后大笑;

有人唱着兄弟情歌,喉结鼓动中将酒杯碰碎;

有人逼账，再不两清就要开打；

有人借钱，拍着胸脯言几日还；

有人两眼发红，眼泪似要夺眶而出，攥紧别人的手掏心窝子；

有人大骂"臭婆娘"，不懂男人；

有人将手搭在染着颜色头发的美女肩膀上，觉得自己英俊非凡；

有人目光斜视，恨不得能钻进邻桌、路过美女的身体；

有人见缝插针地拍着马屁，对方随便一句话也能让他哈哈大笑，或者点头哈腰，夸张的表情让人感觉"作得厉害"……

是非就这样成了常态。

酒鬼、逼账、撩妹、骂"臭婆娘"、热烈的炭火……在酒精的挥发下，雄性荷尔蒙极速膨胀，争端、摩擦几乎天天有，而很多时候，都是因为不成理由的理由而干起仗来。一点儿小碰撞，会脱口直骂"你××，瞎眼了吗"；一言不合，腰板"唰"地直起，一只脚踩在凳子上，捞起酒瓶子就砸碎；劝酒不喝的，那杯中酒在愤懑中洒一地……

这些都是小事，闹得凶的直接将事态扩大，小碰撞演变成大碰撞，拳脚相加，一言不合，砸碎瓶子升级为抡在对方身体上，劝酒不喝，两人杯酒洒地衍生为两人臭骂第三人，混合打作一团。但，这些都不是闹得最大的，因女人而互K得血花飞溅才是无法掌控的局面。

其实，这些都是面子问题，加上酒精上脑，下手就没有了轻重，干不过的自然常被揍晕在地上……

人就是这么奇怪，白天一个模样，晚上一个模样。在正常的时候显得是那么的谨小慎微，生怕出一点儿岔子，在夜晚酒精的发酵下,各种天性得到释放,趁着喝大了,各个认为自己是绝世的武林高手,在大庭广众下恨不得赤身肉搏,越抖越威风。

想来,这些都是面子惹的祸,几十岁的人了,为了那点芝麻大的事儿闹翻,纯属找存在感,很多架不是打给自己看的,而是打给别人看的。

K叔是练家子,一般小打小闹他不管,他那"皮带拳"练到家了,到他出场了,只听"唰"的一声,皮带从裤腰间抽出,犹似软剑般化为绕指柔,在"用力屈之如钩,纵之铿然有声,复直如弦"(宋·沈括《梦溪笔谈》),紧接着,在一阵密不透风的击打里将对手逼到角落,蜻蜓点水地让他鼻子"流鼻涕"。

仅一会儿工夫,混乱的现场就被控制住了,对方连还手的机会都没有,捂着鼻子连连告饶。K叔将打架招式一收,气定丹田,指着对方说:"借酒装疯,让你丫的流鼻涕。"

整个空气瞬间凝结,唯有那炭炉的火星子仿佛是因为K叔的一身正气而摇曳舞动,照亮在午夜时分。我在三楼(那是我的住处)瞧着这一切,热血沸腾……

我对K叔说:"你这样制服酒鬼们的滋事,就不怕遭受报复吗?"

他神情自然地望着我说道:"这有什么好怕的呢?绝不能让'K叔炭烧'的招牌给搞砸了啊!就像红军战士一定要让红旗高高飘扬一样。"

我心里一凛,K叔绝非是那种简单的人。

这场面我在小镇待了三年,只见过两次。酒自古被人称之为琼浆和狂药,像李白那样的,当然是琼浆,像古龙那样的既是琼浆也是狂药,唯独像陈叔宝那样的,就只能是狂药了。可能那些和尚们也受此戒，不说酒，而说般若汤，将酒赋予了佛性的味道。

酒也是乱性的迷魂汤，伦理道德在那里变得也不那么重要，一杯酒可以是兄弟情，也可以是仇人恨。酒作为任性的激发者，在午夜的大排档让酒鬼们丑态百出，也让"K叔炭烧"成为小镇最靓丽的风景，在这小小的路边场地里，演绎着世间之悲欢离合。

2

三年前的一个夏天，天出奇热，"K叔炭烧"生意异常火爆。

大伙儿在醺醺然间，情绪高涨，坐在东角的一些人更狂躁、高涨，他们比吴克群的"大舌头"更大舌头，根本不畏惧与旁人的摩擦升级，挥舞着被砸开了口子的啤酒瓶子，各种狂妄、凶狠正在上演，谁拦都不好使。

街上的"牛皮癣"广告难以治理，小孩的随地撒尿没法说……摆地摊的瘦骨老叟总说疑难杂症不在话下，我以为虚。唯有K叔——必须是他，他就像，约翰·麦考利笔下的佐罗，东方小说里的孙悟空，专治各种不服、作乱的鬼怪。

K叔目光如炬，大喝一声，在嘁嘴中踏步过去，气沉丹田中那粗壮的手臂肌肉顷刻鼓起，以敏捷、养眼的手法，擒住对方的关节，在一拖一拽中将对方扔了出去。

有时候，K叔将胳膊肘一拐，击中对方要害，"哎哟"声随即划破夜空。有"不怕痛"的老茬儿欲起身反击，他以拳化指，对方顿时"鼻涕"横流，捂住鼻子，根本没有空再去还击。

K叔的敏捷让我大开眼界，对方的拳头终是落不到他头上，那瓶子碴口总是刺不到他。他只需头一偏，腰一晃，肚皮一缩……不管是各种掏心拳还是撩阴腿，抑或其他，全都在灵活的躲闪中毫发无伤。

对于这样的情形，我的眼睛盯得发直，电影中的高手制敌场面在生活中真的是上演了，而最搞笑的是，在这么惊险刺激的关头，居然有《爱拼才会赢》的手机铃声响起，这是人到了奄奄一息的时候，从天而降般地洒下的一剂"鸡血"呀！那些战斗力比较强悍的人，打算咬紧牙关再拼一回。

很明显，鼻血又开始流了，这时，场面冷却下来，"K叔炭烧"的小伙计一边在计算机上"啪啪"地按着，一边点头哈腰，一边笑眯眯地说："各位大哥，天不早了，请结账吧！"

一些人很自觉地掏出钱，结了账，一些人迟疑中，还是掏出钱，扔给了小伙计。

这时，小伙计又点头哈腰地说："您看，桌上那些没有吃完的东西还给您打包吗？国家提倡光盘行动，是不……"

还有一些人似乎是打不死的小强，越挫越勇，仿佛已经百炼成精，爬起来，趔趄着又往前冲……K叔双眉一皱，用手指往上捏一捏，吁了一口气。我曾问K叔当时的心境，他只说了两个字：美军。

我满头雾水，不知所以。

越挫越勇的那些人在剧烈疼痛中彻底傻眼、憋屈……在咬紧牙中，绝不让眼泪留下来。"流鼻涕"是必须的，但，一个人能有多少"鼻涕"可以流呢？就算是一百七八的彪形大汉，那"鼻涕"得多少造血的食物才可以补回来？

更何况，对K叔而言，人家也不算打架呢，他那么瘦巴巴，那么蜻蜓点水……

唉！人哪，有的时候就是那么强横不讲理，就像这些随时会发暴力的酒鬼！已经被K叔制服到毫无还手的地步了，他们还在嘴欠，在连滚带爬中撂下狠话：你等着，千万别……搬家，我……我早晚弄死你！

现在想来，开路边店也真的不容易，危险系数高，尤其是属于大排档的那种，和去鱼龙混杂的夜店是差不多的。酒这玩意儿，喝坏了就是烈性毒药，尽干些张狂的事，可一些酒鬼们说要弄死K叔，我觉得这一定很难，不因别的，K叔的命真的很硬呢！

3

我和K叔认识，几乎没有什么特别的缘由，可后来发现，我可能是错了，好多年后，我拼命用脑袋去回忆他的模样，发现我和他竟长得有些相像。

K叔的岁数足以当我的父亲了，他瘦骨却身形矫健，年长却精神矍铄。在小镇与他相处的日子里，我们以兄弟相称，我们偶尔觥筹交错——那是我情绪的低谷。

我的这一生大部分时间都在流浪，我总说，昏灯处没有孤影，热闹中徒有伤悲，虚妄中满是张狂，而寂寞处还有温存是我一丁点儿的"心不死"。K叔听了，拍着我肩膀，说："小兄弟，你……小小年纪哪有那么的烦恼和忧伤？"

"我觉得生活毫无希望，想要的永远是手摘星辰。"我喝了一口酒，微醺地说。

这时候，K叔会一改之前的称呼，有些不高兴地说："小浑蛋，听K叔说,有一天你会成功的,你今天遭受的一切跟我比起来,根本不值一提。"

我惊异地望着K叔,他却忽然闭了口,往事仿佛永远不要再提,可我的颓废与话匣子却如决堤之水,这其实是有故事的,包括K叔。

只是,我终究不能和他一样。我只有在喝醉酒后,才知道自己为什么流浪,为什么要来到这座小镇。梦里,我是风马少年,那是和隆达的重合,我在风马中来到小镇,试图忘掉那抹不去的忧伤。

我虽喜欢写作,却是一名廉价的洗头工,别人洗碗,我洗头,看起来没有太多的区别,但心境却不一样了。从当初置气离家,到午夜出逃,其实花了很多的时间去思考,在那尘土飞扬的老家,就算再怎么努力,也倍感希望渺茫。

命运真的很捉弄人,我依旧没有逃脱小地方的命运,来到这座小镇。

也许,这如是命,也许,命中我注定要和K叔相遇。在若干年后,我会提起手中之笔,记录下那段隐秘的岁月。

很多个打烊后的午夜,我辗转反侧,想着那可恶的老板娘对我的压榨,她那样的风姿绰约,成熟拥有韵味,为何对我如此刻薄?

有一次,在白天的理发店里,老板娘不晓得吃了什么火药,对我总是看不顺眼,按照她的说法,发型不能乱,可你怎么能保证在给顾客洗头的时候,它丫的不乱呢?那天,我已经很累了,十指疼痛,那会儿我在想,人的头皮竟然是很伤手的,特别是那些长时间不洗头的,你在上面来回地摩擦,再加上劣质洗发水的浸泡,双手惨不忍睹。

"为什么这样的理发店,生意却那样的红火呢?"我一开始有些想不明白,说实话,老板娘那剪发的手艺算不上很好,顶多就像十八流的美发培训学校出来的到了一个小镇,仗着见过一些世面和几分姿色,破胆儿自立门户。

老板娘是一个离了婚的漂亮女人,她那凹凸有致的身体在一笑一颦中吸引了无数留恋的目光,尤其是那些单身汉,直勾勾的眼神,几乎都快要喷火了。

那天,就有一个长相有些猥琐、头发蓬乱的中年男子出事了,当时老板娘有事要出去,她身穿紧身短裙,正巧走的又是斜坡路,那浑圆又极富弹性的臀肉在她的前行中不停地颤动,中年男子先是眼前一亮,然后是一黑,额头撞在电线杆上,青疙瘩瞬间冒起。

我嘟着嘴巴,眯起眼睛往人群中扫描,有不少外来的打工男女,他们穿行于小镇的各个角落,当然,也为小镇的建设做出了贡献,那一栋栋楼房平地而起便是最好的见证。我也和他们一样,是夹杂在他们中间的途经过客。

只是在十几秒的时间里,老板娘就同意我在她的洗头店打工,当时,她看我,眼里似有浮光掠影,而我感激涕零。

一天晚上,我在租住的房间里抒写流浪的记忆,触景生情绝不只是李白的专利,那月光有多皎洁,我的夜晚就有多么的孤寂,推开窗户,老板娘熟悉的身影出现在我的视线里,性感的身材在朦胧中是那样美。

在我以为她孤单一人的时候,她却抚弄了一下头发,一招手,不远处的一个身影就来到了她的身边,随后,他们消逝在了无边的夜色中。

一时间,我心塞了,莫可名状的心塞,可是,这又和我有什么关系呢？就算是在某个夜晚，我路过她的窗前，隐约地听见她和其他人的缠绵话语，就算那一次她说她害怕夜晚的漆黑，固执地要求我送她到灯光迷离的房间，我也只能咬咬牙战战兢兢地退出，将房门带上。

我只是觉得，很多时候性感如一种罪过，所以，我一直在逃避，不敢去正视。

老板娘大概觉得我是一个极不尊重她的人，莫名中变得对我苛刻了。"你为什么就不能正视我一眼？"老板娘倚靠在房门前，风情万种地拦住了我，她一脸深邃，眼神迷离，只能让我的头低得更低。

再也没有什么场景比此刻更动人与充满遐想了。

对我来说，这是一次只能沉入太平洋底的经历，尽管内心是那么的怦怦直跳与狂热，但一个执拗的少年，在没有把这座小镇当成一个家的时候，一切都是在不舍中逃离……

4

夜风中，我回想起当初她果决地收容我，那些细枝末节又充满了莫名的忧伤。我深呼了一口气，不知不觉地来到了"K叔炭烧"。

"小浑蛋，怎么不进来，非要我请你吗？"K叔扯开嗓门喊道。

"来了。"支吾一声，"怎么今晚都没有客人？"

"不是没客人，是今天我提前打烊……我就知道你小子要来……"K叔一边拿出他酿的好酒，一边神算子般地说着。

"这酒真香，有一阵子没有喝到啦！"我含着口水三步并两步地小跑过去，K叔的酒哦，馋死我了。

和K叔在午夜里痛饮，我只想忘掉忧伤，那份躁动却又难以自控，头脑里出现很多幻象，它们在无数次的跳动中变得真实可感，又在真实可感中渐行渐远。

"你小子心里头有事，怎么，不敢给K叔讲讲？"

"讲就讲，有什么不敢的？"我哼了一声。

尺度在杯酒碰触中越来越大，喝了酒后句句都会变得更加真切。我将嘴贴近K叔的耳边，"你说，家道中落与世间情爱是不是最痛苦的两样东西？"

一般到了夜未央的时刻，我会在酒胆中将陈年往事慢慢地往外倒。这种感觉其实很好，就算天明酒醒后会有一丝后悔，也没有关系，K叔，从来都是守口如瓶的。

"世间之痛苦，最大莫过于绝望，几乎所有的痛苦都来自与他人的纠缠与牵绊。你小子没有绝望，只是被纠缠了。"K叔抿了一口酒，说道。

我呆望着他，好半晌没有言语，那一刻，我知道自己被K叔的一言说到心底了。

我离开家乡，我想东山再起。

我只想在忽明忽暗的人生里突然绽放。

我来到小镇，只作短暂停留，写一部关乎绝境逢生的作品。

我在大街上遇到一位算命先生，他戴着只有镜框的眼镜，在胡须的跳动中对我掐指一算，指引我去一个小镇。

我，竟然信了！人在绝境中，还有什么不能信呢？

老板娘是我的贵人，在这座陌生的小镇只有她肯"收留"我，我对她说："我很可能明天就离开。"

她对我笑了笑,"明天,明天是多久呢?没有人知道,你呀,还是安心地留下来吧。"

我望着老板娘,没有了言语。

从此,我的漂泊锁在了那间理发店里,从此,一些与我相干或不相干的故事隔三岔五地发生着。

可K叔呢?他太神秘了。

我甚至强行地以为他注定与我有关,好几次我都想趁着酒劲儿从他嘴里一句一句地抠出点什么来,但每次都失败了。他也许是真的不爱讲过去的事,倘若在大白天的时候,有人想随意与他谈起过往的经历,他都表现出不悦的样子,丝毫不顾及别人的面子。

认识K叔多年,我了解他的脾气,就算我挖空心思地想去知道,也只是徒劳。

5

这一夜,K叔却意外地讲出了他的一些过往,我立刻挺直腰板,眼睛都不眨地望着他,也就是在一瞬间的工夫里,时光一下子如穿梭机般流转到了20世纪50年代。

那时,有一支神秘的队伍——公安纠察团开赴朝鲜战场,K叔也在其中。

猖狂的敌军肆虐地派遣特务潜入战地后方搜集情报,他们不但破坏交通,还袭击志愿军的指挥机关……

在很多次的剿匪肃特的行动中,K叔都参加了,同行的还有他最好的战友阿坤,出发前,他们写了遗书。

对于他们来说，丛林遭遇战是最恐怖的，这主要是由于特殊的地理环境所致，而且，面对强大的敌军，就算胆儿破天，心里也是有一丝后怕的。这种后怕不是惧死，是不敢去想象一旦有一天不幸牺牲，妻子、儿女……该怎么办……

写遗书也算作一种悲怆的自我安慰。

这种安慰最终沦为K叔独自一人隐忍地承受……

秋日，K叔、阿坤，还有其他几名战友，他们趁着夜幕，深入到敌后三百公里，出于战事需要，他们一行换上了敌军的军装，在几乎可以面对面的近距离穿行中，随时做好杀人与被杀的准备。

无边夜色，丛林深处格外安静，除了各种虫鸣。

能进入公安纠察团的，单兵作战能力以及相互配合能力都是比较强悍的，但敌军也不弱，他们武器装备先进，对丛林战经验丰富。K叔是江浙一带的人，其骁勇善战的能力是毋庸置疑的，当年在一城市攻坚里，他率领一突击连，硬是以伤亡极小的代价拔掉了敌军的坚硬堡垒。

这一次，他再度上战场，斥候难当，所配给养并不算多，一旦食粮没有，他们只能就地取材，譬如，生吃一些植被、树菌，还有就是蛇、蚯蚓以及各种虫子等。

K叔轻描淡写地说："像那些三四厘米长的白胖肉虫，从树皮上抠出来以后，只需把头一拧，拉出内脏后，直接就放进嘴里吃了。"

我听了，心一紧，鸡皮疙瘩都快起来了。

"在野外，吃总比不吃好，吃了能够多存活一些时间，那就必须吃。"K叔说这话的时候，神情中流露出一种久违的享受。

蚯蚓会是一种比较好的食物，在扒拉湿润松软的泥土后，就会发现不少蚯蚓，抓起几条，将泥巴之类的东西挤出，然后仰起头，紧闭双眼，一咕噜地就生食了。

我再次心紧，后来在电视上看到了这样的场景，那是在东方卫视播出的《跟着贝尔去冒险》里，我见到生食蚯蚓，不由得想起了K叔吃蚯蚓的场景。

若是抓住蛇，那是上好的"营养品"，尤其是那蛇胆，它一般位于蛇颈与肛门之间稍微偏后的位置，既有大如拇指的，也有小如花生米的。取胆时，用左脚踩住蛇尾，手执蛇头使其腹面朝上，接下来，用大拇指由上而下轻轻地触摸，当摸到一个稍微坚实且有滚动感的圆形物时，那就是胆囊了，之后，抽出锋利无比的匕首，迅速地往下一划，蛇胆就这样轻易地被取出了。

一口酒，搭配蛇胆，味道好极了——那是K叔干掉一名敌军后，从对方裤腰带里取下的酒囊，里面还有上好的伏特加。味烈、劲大、刺鼻是这种酒的一大特点。

那些潮湿又隐蔽的山洞是要住的，K叔一行人艰难又谨慎地潜行，他们在山洞前脱掉衣服，然后用树叶放在下档，再穿上短裤，这样做是因为湿气过重，那水汽一浸，湿气肆虐，人容易烂裆。在前行的不断摩擦中，下肢皮肤最容易泛红，之后溃烂。有些山洞里面有大量的积水，差不多有半米深，寒冷刺骨，人只能蹲靠其中，那感觉太难受了，令人胆寒的湿气如蚂蚁进了蜂巢一样，瘙痒中略有刺痛，实在忍不住的时候，会去抓挠，不久，就出血了，可痒痛依然存在。

我在小的时候，曾听父亲对我讲过，在一些偏远的山村，如果抓到恶劣的偷盗之徒，会将他的衣裤扒光，然后浸泡在寒潭里，再用鹅卵石磨破他的皮肤组织，这时候寒气会更加快速地进入骨髓，这样下来，十几小时后再放掉偷盗之徒。

这样之后留下的后遗症是很严重的，随着天气的变化而使他的关节疼痛难忍，这样也算是对偷盗之徒很严厉的惩罚了。

K叔绝不是偷盗的人，但他却因为刺骨的寒冷而留下了后遗症，这也是他喜欢酿制各种酒，并开炭烧的重要原因。酒和火光能让他缓解疼痛，并且随着这样辅助的"治疗"，K叔的后遗症已经减轻了不少。

潜伏在丛林里，是需要强大的勇气作为心理支撑的，一般人根本受不了这样的环境以及死亡的时刻威胁。就像那么多烦人的蚂蟥，可偏偏这里生长的人们却擅于抓蚂蟥，并利用它们来换取外汇，当然这是后话了。如果能有向导在K叔一行中，情况会好很多，那些可恶的蚂蟥钻进肉里，让人揪不得，更扯不得，因为，那软软的肢体，你越是扯它，它就越容易断，也越往里面钻。有人提议用火去烧，这样依然不是办法，那残留在肉里的蚂蟥会腐烂在体内，如果没有上好的消炎药，整块肉都会糜烂，恐怖恶心至极。

K叔、阿坤，还有其他公安纠察团的战友，他们在泥潭、在山洞、在灌木丛、在树上……伤痕累累，他们腿上、胳膊上布满了蚂蟥眼，如戒疤一样，他们身上弹痕累累，也残留着不少弹片，这些伤痛算不了什么，因为，他们为了共同的信仰，早已经将生死置之度外。

一次，K叔在树上侦察时，发现一名敌军在一个山洞里伸头探望，那洞口窄小，洞里情况不明，K叔不动声息地接近山洞，警惕的敌军发现了，在他举起手榴弹正要投掷时，K叔如苍鹰般飞身夺下，敌军似乎被这敏捷的身手给惊住了，那恐惧与呆愣的表情在那一瞬间镌刻成一种永恒，随即，生命在几声哀号中走向了尽头，K叔在飞身夺下手榴弹的同时，那把锋利无比的匕首也刺向了他的心脏……

他们记不清楚有多少突袭战、遭遇战、破袭战了，只记得他们杀敌三十余人，这其中包括近距离和远距离击毙的，而且死法各异。

有被树藤勒死的；

有命丧匕首直插心脏的；

有被淬了毒液的利箭射伤挣扎断气的；

有近距离搏杀一招致命的；

有被枪托撞击脑袋再抹喉而归西的；

……

那日，为了应对敌军的反击，在深入到他们的心脏地区时，不幸在一处洼地里，他们遭受到了重火力的伏击。

被包围是一件很危险的事儿，这时候，基本上是身陷绝境了，但K叔说："在丛林深处，一定有一条生路，就看自己能不能发现了。"

只是，敌军也根本不弱啊！而且，他们大有一雪前耻的架势，势必要将K叔以及他的战友们全歼。

包围圈越来越小，公安纠察团的战友已经牺牲三名了。

看着陆续牺牲的战友，阿坤沉不住气了，他两眼狰狞，充满了血丝，像一匹发疯的野狼，几个就地滚翻，K叔暗叫"不好"，试图让他回来，显然，已经晚了，阿坤此时已经顾不了莽撞会带来的恶果。

只见阿坤扣动扳机，子弹连发，嗖嗖飞射，一连干掉了两名敌军，北边瞬间打开一个缺口，K叔咬了咬嘴唇，这是一个绝好的突围机会，但也有可能一去无回。

无论如何，都不容有太多时间思考，因为，阿坤已经离他的视线有些距离了，他特别害怕阿坤会出什么事，阿坤在老家还有妻子、女儿，而他，似乎没有什么牵挂，除了年迈的母亲——也许，现在已经不在人世了。

K叔一个纵跃，以"S"形路线狂奔，其他战友也以同样的方式朝阿坤的方向飞奔，子弹如梭子般在他们身边嗖嗖作响，他们踩着脚下湿润的草丛，又如凶猛的狮子为了某种信念，那是他们求生与舍生的"交割点"——他们中有的不幸被子弹射穿胸膛，有的腿部中弹，一个趔趄倒地，战友去救他的时候，身体瞬间被打成"马蜂窝"，那鲜血顺着弹孔喷射而出……

敌军太凶残了，他们训练有素，他们杀人不眨眼，他们涂炭生灵。

又一名战友在哀号中倒下，那血泊成为他生命的掩埋。

"不——"K叔大叫着，战友一个个地倒下，K叔歇斯底里，K叔怒瞪两眼，嗓子都快喊裂了，"老子要——你们的——命——"仅有的一颗手榴弹奋力掷出，巨响中泥土飞溅，血肉横飞。

趁着这当口，K叔追上了阿坤，现在，只剩下他们两人了。

"阿坤，你怕不怕？"K叔喘着粗气，两颊的冷汗直流，"咱们的子弹所剩不多了。"

"不怕，死没有什么，就算死也要多拉几个垫背的。"阿坤杀红了眼，"过瘾啊！这才是硬仗，老子喜欢，哈哈哈……"

"听着，阿坤，你不能死，你家里还有人需要你去照顾，你得好好活着，好好活着……明白吗？"

"你家里不也有母亲吗？凭什么只让我好好地活着，我不答应……"

……

敌军如甩不掉的尾巴，此刻，他们正在逼近，包围圈越收越小，那张死神的网就要将他们的生命收去，随时的毙命让K叔和阿坤感受到空气中的血腥味在无情弥漫。

K叔原本是活不了的，是阿坤用自己的生命替换了他，他们打光了所有的子弹，负伤累累，但也让敌军付出了惨重的代价。

阿坤大腿中弹，左肩膀被子弹击穿，整条手臂被鲜血染红。K叔右臂中弹，一只耳朵也被洞穿，鲜血直流。

阿坤的胸脯又让子弹钻了个窟窿，K叔狂叫："阿坤，阿坤……"他甩出此刻身上唯一有用的武器———一把匕首，那匕首带着他满腔的愤怒与热血，以快如闪电的速度飞向敌军，随着一声无助的惨叫，基本可以判断出已经毙命了。

"我们可能是真的要死在这里了。"K叔忍住钻心的剧痛，看着满脸是鲜血的阿坤说道，"但……你不能死，不能死……知道吗？"

谁也不想死，只是几乎就没有活路。

什么都没有了，只剩下伤痕累累的身体。

恐惧的阴影笼罩在心头，K叔、阿坤谁也不想看到对方死，但阿坤比K叔快一步，他将目光一瞥，发现在K叔的左下方有一个斜坡，顿觉心里亮堂，用手摸了摸那颗手雷。

几乎是同时间完成，几乎是完美，阿坤在一把推开K叔的同时，他用尽全身力气，将手雷扔向了敌军，一声巨响后，他倒在了血泊中，而K叔的身体也如滚石一样顺斜坡飞速而下，也仅仅是在一眨眼的工夫，眼睛一黑，便失去了知觉。

6

"后来呢?"我急切地问道,"你又为什么来到这个小镇?"

"醒来的时候,我躺在陌生人的家里,那一刻,我首先想到的是死,你知道吗?我没有勇气活下去,死是对我最大的解脱。"K叔说到这里的时候,眼圈唰的一下就红了,他端起酒杯,仰起头一饮而尽。

这是我第一次见到他眼圈红,无须太多的言语,心里的感受我能明白。

几经转折,K叔回到了祖国,在疗养院养伤期间,他几乎不言不语,再后来,他突然消失。他用一年半的修养恢复了元气,用高超的躲避术选择了安静地离开,他放弃荣誉与光环,于云淡风轻中随手抚罗衣,无丝毫留恋。

若按军委给他的奖励,他应享受团级待遇。漫漫军旅路,浴血战火几人回,回时路两手空空,独在天涯。

K叔去了南方小镇,杳无音信很多年。

K叔心里一直有一道坎,他很难跨越过去。

K叔想用某种方式的坚守,以此缓解心中所痛。

没有当过兵,没有经历过战火纷飞,就很难体会那血淋淋却又让人肃然起敬的战友情。

没有经历过生死,就不会深刻地懂得生命的脆弱与可贵。

没有以命交换,怎会放弃一切荣华,于安静中平淡一生。

K叔在小镇住了下来,和他住在一起的还有阿坤的女儿,那年,她才十二岁,至于孩子的妈妈,在一年前病逝了。

我挺害怕看到不愿离开人世却又无可奈何、托付亲人的场景,这样的场景会让人忍不住落泪。

这个故事不需要K叔详尽的叙述,因为,在大脑里,我早已经将当时的场景反复回放了好多遍。

"怎么了,小子?落泪了……K叔都没有哭……你为什么要哭?"

"我就哭了,怎么着,你有本事别让我哭……"

K叔端起酒杯,将头扭向一边,好一会儿才转过头,又将酒杯放下,他一只手握住酒杯,越来越紧,越来越紧,我听到咯咯的声响。

……

7

很多人问我为什么要写K叔,我说这里面有我父亲的影子,很多人问我有没有K叔这个人,我不作答。

我只想说,那一晚,我第一次看到K叔落了泪。

我忽然觉得,自己遭受的苦其实不算什么,当一个人可以放下名利、安然隐忍地去面对一切,这种大悟,非一般人能做到,当一个人在剧痛后,选择勇敢地存活,将自身的价值心有所向,也需要勇气。

我想,我真的欠K叔一碗般若汤——希望能在有生之年,尽快走出困境,"K叔,我也要像你那样,做生活的强者,我们一起再痛饮一碗，一饮而尽的那种，那才是快哉、快意的释放……"

8

在小镇的日子，依旧如往，我还在理发店里继续洗头。

不在小镇的日子，咬牙坚持，我在流浪的江湖里挥汗如雨。

从二十岁那天，放弃读书的日子，我开始颠沛流离于城市的中央与边缘，尝尽人世间凄苦、白眼、鄙视……

我二十八岁，初步走出困境，我压制内心想回小镇的冲动，我告诉自己——还要更强一些……

我三十岁，还清所有债务，打开互联网，有我的名字……

我三十二岁，生活可以无忧，我想，我应该去见K叔了。

不是想证明什么，只是为一场忘年交的约定。

我脚底生风，归心似箭；我肩挎行囊，手拎自制好酒……

左脚踏进小镇，右脚迫不及待地跟紧，"K叔炭烧，K叔炭烧呢？"我一路寻找，可小镇已非当年模样，当年还有一些乡村的气息，如今已不复存在，只有林立的高楼大厦矗立在我面前，"K叔，你在哪里，你在哪里呀！我怎么找不到你，找不到你了……"

我心头一紧，眼圈发红，感觉自己的身体在旋转，我仿佛看到这小镇也在旋转，在旋转中，我穿过时光，看到K叔炭烧了，我看到K叔了……

"K叔，我还想和你一起喝酒，听你讲那战火纷飞的岁月，真的很想，很想……"拖着沉重的步伐，我满脸愁绪。

为什么总要错位，当你随时可以和一个人在一起的时候，我们不会觉得有多么难得。

为什么要有道别,人海中再也找不到你,我跌坐在地上,将酒瓶打开,一仰头,咕咚咕咚地喝了起来,依靠在路边的一棵大榕树下,摊开手脚,喃喃地说道:"K叔,来,一饮而尽!"

只是声音越来越轻,但头顶的阳光正好,它们透过树叶的罅隙温暖又刺痛地洒向了我。

9

人到中年的我,对一些名字很容易忘记,就像我忘记曾经热血的梦想一样。但——K叔,我忘不了,我还欠他一碗般若汤。

可是,我还得感谢回忆,感谢它让一个人变得更清晰,感谢它让我们更珍惜世间难得的情感。对一个写作者而言,唯有执起手中笔,将这份难得的情感细细记录,才对得起"成为人"这三个字。

窗外蝉声奏鸣,我回头,轻道一声:"K叔,来世咱们再痛饮!"

五、守身如玉

如果你守身如玉,自然会有人与你相守一生。

1

这是一个身体躁动的时代,人们思想前卫,娱乐圈丑闻不断。在这个时代,别说守身如玉,就连守贞如玉都很少有人能做到。既然是很少有人能做到,但总归还是有人做到了,而且是守身如玉。

金凤和玉凤是一对双胞胎姐妹,两人如同一个模子里刻出来的一般,身材相近,长相神似,考试成绩也一样,就连声音也没什么区别,非常难区分,哪怕是她们家的亲戚,要区分她们还得看"编码",金凤左边眉毛有一颗红痣,而玉凤没有。但金凤左边眉毛上的痣只有芝麻大小,不容易发现,所以就算大家知道可以区分她们的"编码",但还是常常弄错。

两人虽然表面上看起来都差不多,但性格却有天壤之别。出生的时候,是金凤先从妈妈的肚子里出来的,然后才是玉凤,按照当地的风俗,得了双胞胎,谁先出来算谁小,谁后出来谁占大,所以,玉凤是姐姐,金凤是妹妹。妹妹金凤从小就是一个骄傲的小公主,受不得半点委屈,一遇到什么事就一哭二闹三上吊,而且,她从小还特别淘气,仗着和姐姐玉凤长得一模一样,金凤常常去偷邻居老伯家的柿子,等邻居老伯找过来的时候,就一口咬定柿子是玉凤偷的。玉凤作为姐姐,性格比妹妹金凤大度得多,不管是家里还是外面,玉凤都处处让着金凤,正是因为玉凤的忍让,让金凤越来越嚣张跋扈。

初二的时候,金凤和玉凤在镇上上初中,同以往一样,两人依然是同班同学,她们所在的学校是所全日制寄宿学校,第一次离开父母的管辖,两姐妹的性格开始朝着两个不同的方向疯狂生长。

她们学校每月放一次假,回学校的时候,爸妈们就会把当月足额的生活费交给姐妹俩。金凤拿到钱就开始挥霍,做直发、文身、买化妆品,一个月的生活费不到一个星期就没了,但是她一点儿都不担心,因为她花光了,可以找玉凤拿。每次从玉凤那里拿钱的时候,金凤都信誓旦旦地保证,这是最后一次,但一到下个月,金凤就又把钱挥霍掉了,然后再次找到玉凤,再次信誓旦旦地保证,说是最后一次。

渐渐地,玉凤和金凤就有了矛盾,但两人的矛盾不是因为钱,而是因为金凤接触的那些人。玉凤发现,金凤和镇上那些辍学的小青年走得很近,那些小青年个个留着山寨的莫西干发型,头发染成五颜六色,走起路来动作夸张,稍微走几步就要伛偻着咳嗽几声,玉凤觉得，这些人不是什么好人，让金凤离他们远点，但金凤很不以为然，觉得那些人很酷，很好玩。在这一点上，玉凤没有让着金凤，两人分歧很大，谁也不服谁。

只有一种情况下金凤会服软，那就是金凤又把生活费挥霍光的时候，这时她就会服软，远离那些辍学小青年，然后找玉凤弄点生活费。但钱一到手，金凤马上转身，翻脸不认人，马上和那些辍学小青年玩在了一起。

玉凤心里十分担心，生怕金凤跟着那些小青年学坏了，于是，就把金凤在学校里的事情告诉了爸妈，但只说了金凤挥霍生活费的事情，并没有说金凤和一些小混混玩到一起的事。

爸妈知道后，很生气，将姐妹俩的生活费全部给了玉凤，让玉凤按天把生活费给金凤，免得金凤再肆意挥霍。玉凤觉得，这次金凤应该会收敛一点儿了，但是金凤没有。金凤自己没有钱，就到处借钱，找同学借，找外面的小青年借，然后用来挥霍，最后还是玉凤拿着钱去还，玉凤有些生气，但想想还是忍了，没有再告诉爸妈。

在这样的状态中，姐妹俩初中毕业，又同时考上了县城里的高中。

高中入学军训结束的时候，金凤和一个艺体班的男生关系特别好。虽然玉凤也一样处于一个情窦初开的年纪，但玉凤明白，不管是金凤还是自己，当前首当其冲的事情还是认真学习，所以，在一次打开水的时候，玉凤提醒金凤："妹妹，你跟那个艺体班的男生很熟啊？"

"你说哪一个艺体班的男生？"金凤装傻。

玉凤提醒道："就是这几天和你一起吃饭，晚自习过后你们还去操场兜圈的那个。"

"没那么夸张吧?只是见过两次而已。"金凤继续装傻。

玉凤一边接开水一边说道:"金凤,我们现在还小,以后考上大学了,有的是时间……"

玉凤一说,金凤就生气了,连开水都没有接,提着空水壶就走了。但是玉凤作为姐姐,她觉得自己有照顾好妹妹的义务,所以她一有机会和金凤单独相处,就会上去说教一通,而当玉凤碰到金凤和艺体班男生走在一起的时候,玉凤都会故意上去大声说话或者碰撞什么的,以此破坏金凤和艺体班男生独处的机会。

金凤觉得自己长大了,有自己的思想,可以独立生活,不需要玉凤再多管闲事,于是,金凤找到玉凤,两人互不示弱地大吵一架,扬言谁也别管谁。从那之后,玉凤一心扑在学习上,很少再管金凤的事情。

高二的时候,玉凤吃过午饭,回到教室里自习。当她从抽屉里拿生物书的时候,一张折得四四方方的纸条掉了出来,玉凤脸一红,不用想她也知道是什么。她四下张望,发现没人之后,这才急忙将纸条捡起来,放在衣兜里。

整整一个下午,玉凤在课堂上都有点坐立不安,她时刻都在惦记兜里的那一张纸条,时不时地就会伸进兜里摸一下,就这样终于挨到了下午放学,玉凤找了个无人的角落,打开了那张纸条。那纸条用的是信笺纸,一打开,就散发出一股薰衣草的香味,纸上印着淡紫色的风信子,上面用工整的钢笔字写着:"亲爱的玉凤,从见到你的第一眼起,我就无法自拔了,我是真的喜欢……"

玉凤看得血流加速,心跳加快,信的落款是欧阳逸鸿,关于这个名字玉凤其实是有印象的,那名字的主人是前不久才从隔壁重点中学转过来的男生,个子高高瘦瘦的,头发烫了烟花,天气再热都穿着长袖衬衫,双手插在裤兜里,浑身上下散发着一种颓废的文艺气质。虽然,欧阳逸鸿这样的人对于绝大多数的女生来说都是难以抗拒的,但玉凤还是克制住了。

一来是因为这个欧阳逸鸿名头很不好,当初他被迫从重点中学转到玉凤所在的学校,据说是因为严重违反了校规,并且做检讨时态度极其不端正,公然在升旗台上讲黄段子,最后校长忍无可忍,将其赶出学校。二来是因为,玉凤觉得现在还不是谈恋爱的时候,她觉得,等毕业工作了,要组建家庭的时候,才是谈恋爱的时候。

于是,玉凤草草地就着收到的那张纸条,在背面草草地写了几行字拒绝了欧阳逸鸿,当天就把纸条回了过去。

第二天一大早,玉凤就看到和金凤走得很近的那个艺体班男生郁闷地对着教学楼前那棵小叶梧桐拳打脚踢,她有些疑惑,犹豫了一下,但还是没有上去问。等玉凤走到食堂的时候,她终于明白艺体班男生破坏公物的原因了,原来金凤把艺体班男生给蹬了,然后和欧阳逸鸿走到了一起,又或者说是金凤和欧阳逸鸿走到一起,然后把艺体班男生蹬了,速度之快,令人咂舌。玉凤真怀疑,可能欧阳逸鸿还没来得及看自己拒绝的纸条,就已经和金凤走在一起了。

两天之后,政教处主任在广播里发布了两个处分。第一个是关于之前和金凤走得很近的那个男生的,此人因为破坏学校公物,殴打小叶梧桐,被留校察看。另一个是关于金凤和欧阳逸鸿的,保卫科从监控里看到两人在操场上公然接吻,严重违反校规,也留校察看。

处分下来的当天,玉凤的爸妈就赶到学校来了,看着那样的场面，玉凤觉得，自己做的是对的，还不到谈恋爱的时候。

2

事情暂时告一段落，又过了三天，政教处主任义正词严地在学校广播里又发布了两个处分。第一个还是那个艺体班男生的，此人为抢回女朋友，殴打校友欧阳逸鸿，被记大过兼留校察看处分。第二个处分是给金凤和欧阳逸鸿的，保卫科多次在监控里看到两人在学校各个角落做出少儿不宜的举动，导致学校保卫科岗位竞争激烈，严重扰乱了学校纪律和秩序，特此开除二人。

玉凤的爸妈再次赶到学校，默默地将金凤领了回去，离开的时候，妈妈还不断地对着玉凤念叨，你这个做姐姐的，怎么不照看好妹妹。爸爸倒没有怪罪玉凤，除了叹气之外，就是不停地催促玉凤他妈赶快收拾东西走，别在这里丢人。

第二天一大早，玉凤就接到了爸爸打来的电话，说金凤离家出走了！玉凤愣了愣，告诉电话那头的爸爸，金凤可能是去找欧阳逸鸿去了，电话那头的爸爸气不打一处来，嚷嚷着要和金凤这丢人的女儿断绝父女关系，然后就传来了妈妈的哭闹声，再然后电话就断了。

之后，很长一段时间都没有金凤的消息，直到玉凤生日那天（当然也是金凤的生日）。金凤突然打电话到玉凤宿舍，让玉凤出去一起过生日，那天学校正好放月假，玉凤犹豫了一下后，还是答应了。

在去的路上，玉凤已经做好了心理准备，觉得金凤已经变了很多，玉凤还在心里想象了很多金凤现在的模样，但当看到金凤的时候，玉凤还是吓了一跳。金凤化了淡妆，头发烫染成了酒红色的大波浪卷，下身穿着与汪峰、邓紫棋同款的皮裤，脚上是一双过膝的长筒靴子，鞋跟很高，差不多十厘米，这还不算，关键是金凤正亲昵地搂着欧阳逸鸿的胳膊，让玉凤产生了一种想转身离开的冲动。

不过，看在是亲姐妹的分上，玉凤还是留了下来。三个人午饭去下了馆子，叫了啤酒，在金凤的再三劝说下，玉凤第一次喝了啤酒，半杯下去就晕乎乎的了，扒了几口饭就趴在了桌子上。

等玉凤醒来的时候，她已经躺在金凤和欧阳逸鸿出租屋的床上了。玉凤感觉脑袋昏沉沉的，她晃了晃脑袋，想让自己舒服清醒一点儿，但这一晃，脑袋却更晕了，于是玉凤就翻了个身，继续睡觉。

也不知道过了多久，玉凤被在自己身上胡乱摸索的一双手惊醒了，她睁开眼睛一看，欧阳逸鸿满身酒气，叫着金凤的名字，也不知是真醉还是装醉，正要朝玉凤扑过来。其实，欧阳逸鸿绝对是玉凤喜欢的类型，换个人可能也就将错就错了，但玉凤就是不行，她觉得，现在谈恋爱的时候都还没到，更别说其他的了。

在欧阳逸鸿扑过来的那一瞬间，玉凤一狠心，一脚踢在欧阳逸鸿的要害部位上，然后拍了拍鞋子上的尘土，扬长而去，留下欧阳逸鸿躺在地板上，捂着要害部位痛苦地呻吟。

从那以后，玉凤再也没有见过金凤。高考的时候，玉凤以优异的成绩考入了四川一所重点大学，爸妈都很高兴，这或多或少帮家里挽回了点之前金凤丢掉的面子，所以爸爸亲自送玉凤去学校报到。

爸爸离开的时候告诉玉凤,该谈恋爱的时候就谈,别因为金凤之前的事情就强迫自己不谈恋爱。事实上,玉凤的内心早已决定,谈恋爱是工作之后的事,跟金凤之前的事情无关。

大学的生活多姿多彩,一到晚上,草地上、小树林里、走廊中,各个大小角落里,都潜藏着呼之欲出的勃勃生机。对于刚刚步入双十年华,而且可以光明正大谈恋爱的大学生来说,这无疑是一剂强心剂,不论男女,全都开始自发地成双成对。

玉凤住的七人寝室,比四人间一年要便宜四百块钱。就像郭敬明笔下的迷乱的校园生活一样,玉凤的六个室友都找了男朋友,甚至有人,在进学校的第二天就去了学校隔壁的医院,然后回来在床上一躺就是一个星期。

此时的玉凤已经出落得十分美丽,成了大家暗地里推选出来的"系花"。追求玉凤的人很多,而且各种各样的都有,有立志大学四年要拿二的四次方个证书的学霸,有天天忽悠新生买办信用卡和校园贷的"生意人",也有成天没事开着个跑车壳子在学校蹦跶的本地拆二代……但无一例外地,他们都被玉凤拒绝了。

玉凤之所以拒绝,不是因为看不上他们,而是,现在还不到谈恋爱的时候。

刚开始的时候,室友们都对玉凤这种出淤泥而不染、出寝室而不谈的精神赞叹不已,但渐渐地,她们开始对玉凤冷嘲热讽,觉得玉凤是傻瓜,大学的时候不多谈几个朋友,以后就更没机会了。更有甚者,使用起了激将法,四处散播谣言,说玉凤身体有问题,要不然那么漂亮,怎么不见谈过一次恋爱?

但玉凤丝毫不受这方面的影响,继续坚持着、等待着。她觉得,恋爱是美好的东西,越是美好的东西,越是需要久等,越是久等而来的东西，越是美好的。

大二寒假，玉凤回家过年，金凤也时隔多年回家了，带着欧阳逸鸿，拉着一个两岁大的小男孩，看上去幸福无比。欧阳逸鸿因为家里之前在成都南门买了两套房子，现在翻了好几番，一家人的身家超过了千万，所以这一次爸爸一改以往的态度，吃饭时频频向欧阳逸鸿敬酒，并且大赞金凤有眼光，同时旁敲侧击让玉凤赶紧找个男朋友，实在不行，让欧阳逸鸿介绍个家庭条件好点的也行。

玉凤扒了两口白饭，放下碗就走了，这一次，轮到她像当初的金凤那样离家出走了。只不过，当初金凤离家出走是为了爱情，而玉凤离家出走是因为自己的坚持。

玉凤回到了学校所在的城市，找了个培训学校做家教，一直到开学。

时光荏苒，转眼到了毕业。不论男男女女，都抓住这个机遇开始了不用负责任的表白，希望在最后时刻"捞"一笔。四年都不曾谈过恋爱的玉凤自然成为"重灾区"，每天收到的各种纸质的、电子档的表白，比那些校园招聘收到的简历还要多。

但不幸的是，追求玉凤比寻找一份高薪低能的工作还要难，但他们并没有意识到这一点，个个都热情高涨，还天真地幻想，觉得玉凤没有回复拒绝就是默认，事实上，玉凤没有回复他们，没有其他的原因，只是因为忙着找工作。

这一年，玉凤在一家外贸公司找了个行政的工作，负责国际项目上的对接，因为公司的总部在洛杉矶，上班时间是洛杉矶时间，所以要每天晚上十一点半上班，早上七点半下班，这样的工作时间，让玉凤很难有机会邂逅恋爱，不过玉凤看得很开，她觉得，该来的始终会来，现在自己单着，只是时间未到而已。

一天晚上十点，玉凤照常去上班，刚下地铁，玉凤就接到通知，公司临时放假一天。因为生物钟的关系，玉凤觉得回到家里也睡不着，但因为是深夜，外面很多店铺都已经关门了，一个女孩子大晚上在外面闲逛也不安全，所以玉凤想了想，走进了地铁站里的麦当劳，打算在那里坐一晚。

玉凤点了一杯热牛奶，找了个正对落地玻璃的座位坐下，百无聊赖地将吸管叼在嘴里，对着眼前的落地玻璃出神。这时，她看见玻璃外面有动静，一个年轻人，正拿着个平板，一边张望一边在平板上写着什么，半秒之后，玉凤反应过来，那个人不是在玻璃外面，而是在自己背后，自己看到的是玻璃上的倒影。

"真是个奇怪的人！"玉凤脱下外套放在旁边的椅子上，麦当劳里的暖气热烘烘的，让人有些昏昏欲睡。

3

玉凤也不知道自己是什么时候睡着的，当她醒过来的时候，已经是凌晨三点，麦当劳里的客人也只剩下她一个，几个服务员硬撑着，不停地张嘴打着哈欠。玉凤这才发现，自己的外套又重新披在了身上，可是自己睡前明明记得是将外套脱了下来，放在了旁边的椅子上的呀！

玉凤去问服务员，服务员告诉她，是她背后那位先生帮她披上的，玉凤回忆了一下，基本确认了就是玻璃上倒影中拿着平板的男人。玉凤像是突然想起了什么，赶忙朝衣兜里摸去，还好东西没少，而且，好像还多了什么东西。

玉凤从兜里摸出一张丝绵纸的陌生名片，上面写着：周远扬，作词家，后面还留着电话。

玉凤不以为意，正要将名片扔进纸篓里，这时，玉凤的电话突然响起，是妈妈打来的。妈妈在电话里说："玉凤啊，我刚才梦见你找了个男朋友，我就醒了，你也老大不小了，也该找个对象了……"

妈妈说了好半天，才挂掉了电话，玉凤看着手中的那张名片，想着，难道这个人，就是我等待的那一个？于是，玉凤尝试着按照名片上的电话打过去，可是对方已经关机了。

玉凤将名片收好，点了点儿小吃食，吃完之后，就坐在座位上用手机看三毛的文集，一直看到早上七点，然后搭乘地铁回家睡觉。

下午三点的时候，玉凤再次拨打了名片上的那个号码，对方依然关机，这时候，妈妈又打电话过来说，给她物色了一个对象，收入不错，让她自己去看看，还留了电话给玉凤。

于是，玉凤就打了妈妈给的那个电话，电话那边连自我介绍都没做完，就急不可耐地约玉凤见面。玉凤本来不太想去，但第二天是双休日，又加上是妈妈物色的，也就想着走一步看一步了。

两个人约在就近的一个台式餐吧见面，和玉凤见面的男人叫李晓明，中等个头，发际线有点高，看上去是那种很温暖的大叔。

一餐下来，玉凤和李晓明还算相谈甚欢，李晓明在一家软件公司做项目经理，一年好几十万，而且没有什么不良嗜好，玉凤觉得还行，而李晓明似乎也对玉凤比较满意。

又过了几天，李晓明打电话过来，约玉凤一起吃饭，地点还是第一次见面那家台式餐吧。这一次，双方了解得更多了，就像所有家里人介绍的相亲一样，虽然没有那种让人心跳加速的悸动，但总体来说，还算情投意合。

吃过饭，两个人一起在路灯下散步，走着走着，李晓明突然摸索着去拉玉凤的手，玉凤触电一般地弹开了。于是，李晓明就赶忙收回了自己的手，但之后就有点不高兴了，于是两个人都低着头，继续默默地向前走。

玉凤之所以不让李晓明牵自己的手，不是因为不喜欢，她对李晓明很满意，只是，她觉得还不到时候，才见第二次面，就牵手，也太唐突了。

事实证明，玉凤是对的。第二次见面回去，玉凤本来想在微信上给李晓明解释一下，却发现自己已经被李晓明拉黑了，第二天晚上玉凤去上班的时候，在软件园门口，正好碰见李晓明搂着两个浓妆艳抹的女人上了出租。

没过多久，玉凤和室友们开了一次聚会，室友们都带着另一半前来，但没有一个室友的另一半是以前玉凤见过的那个。大家看玉凤还单身，纷纷拿玉凤开涮，玉凤被调侃得有些后悔，要是自己当初不拒绝李晓明拉手就好了。

饭后，室友们的男友们就都被"赶"走了，接着就进入了女人们的闺蜜时间。没有男人在场，女人们都展现出了自己男人的一面，划拳、掷骰子，兴致都非常高，酒开了一瓶又一瓶，喝着喝着，却有人哭了，嚷嚷着这些年来不幸福。一石激起千层浪，除了玉凤之外，其他室友都抱成一团，号啕大哭，各自诉说着自己的不幸，却忘掉了自己曾经是如何将幸福透支掉了的。这时候，玉凤觉得，自己这么多年的坚持是值得的，包括拒绝李晓明的牵手。

玉凤抱着试一试的心态，再次拨打了那个周远扬的电话，这一次电话通了。

三年之后,玉凤和周远扬结婚了。三年来,玉凤和周远扬连手都没牵过几次,更别说进一步的接触了,到结婚那天,两个人都还是爱情菜鸟,但两个人都确定,对方才是最合适彼此的。

两个人的婚礼也很简单,两家的亲朋好友,一起凑了两桌,简单地吃了个饭,甚至连婚纱照都没有。但是,很多年后,当身边的其他人离婚的离婚,分居的分居,两个人却依旧恩爱如初、相敬如宾,让其他人羡慕不已。

没过多久,金凤和欧阳逸鸿也离婚了,起因是欧阳劈腿一个职校的女学生,被金凤堵在了房间里。

故事到这里该结束了,我并不是鼓吹什么禁欲主义,只是大家可以放眼看看周围,当年那些过早透支恋爱的人,基本上都过得不怎么幸福,他们抱怨,他们气馁,但却从未反思,也从未明白。

如果你守身如玉,自然会有人与你相守一生。反之亦然。

第三辑　不要哭，这只是小·因果

一、只有你才是灰姑娘

很多女人,为了修炼内功,增加学识,一心钻研,最后学识过头,成为独立于男女之外的另一种生物——女博士。

1

子琪今年三十五岁,是一家高端婚介俱乐部的董事长,毫不夸张地说,子琪拥有男人们梦中情人的所有标配,一米七多的高挑身材,九头身的比例,凸显的曲线,精致的五官,白皙的皮肤,常年开着一辆酒红色的路虎神行者二代。子琪的条件,完全可以媲美城中村杂乱电杆上"重金求子"的小广告了,不同的是,小广告上的是假的,但子琪的条件优越却是真的,而且子琪不求子,用她自己的话说,叫作:"愿得一人心,白首不分离!"

嗯，就是那句歌词。到这里，读者们一定怀疑，这搞婚介的，多半是个水公司，条件什么的都是为了充门面来的。其实不然，子琪的条件优越是真的，她的婚介俱乐部里，服务的也全是高端男客户，每个客户的会费一年五十万元起，并且需要提供资产证明，资产低于一亿元的，给钱也不得加入。

子琪十分热衷于将自己俱乐部的姑娘们"推销"出去，帮助他们找到如意郎君，这也让子琪觉得，自己是在帮姑娘们找水晶鞋，让她们变成公主，找到自己的白马王子。

除非这些姑娘找到自己的白马王子，不然一律被子琪习惯性地叫作灰姑娘。当然，子琪也是一个灰姑娘，而且是一个大龄的灰姑娘，别人找到水晶鞋变成公主，而她找到水晶鞋，恐怕只能做女王了。

认识子琪是在 2015 年的冬天，在成都。当时，子琪正在拍摄一部个人宣传的小 VCR，场地选在人民公园附近的一个地下酒窖里，因为时间赶得急，没有找到场记，就临时叫我过去充当一下。

因为堵车，我赶到的时候现场已经开拍了，那时，子琪正背对着镜头，用纤细的手优雅地抚过一整排珍藏红酒。这时正好地铁经过，因为酒窖在地下，离地铁非常近，所以地铁路过时，整个酒窖都是红酒瓶子"叮当叮当"晃动的声音，现场导演愤怒地摘下耳机，喊了声"咔"！

拍摄暂停，子琪转过身来，说实话，看到子琪的第一眼，我就被她的优雅震慑到了。她穿着一身合体的旗袍，眼睛如碧波一般清澈，一颦一笑、一举一动都恰到好处，周围的灯光，似乎就像众人的目光一样，被子琪齐刷刷地吸了过去，使得她依靠着的地方显得格外明亮。我看得有些入神，以至于想把场记本子递给我的小伙子拍了我好几下，我才回过神来。

我当时的第一反应是：子琪这么优雅的女人还单着，不科学啊。

确实如此，很多男人得知子琪还单着之后，纷纷叹息，却没有一个男人露出那副"我行我上"的仰慕的表情。当然，我的内心也没有那种爱慕，只是觉得她美，美得不可方物，却没有那种"窈窕淑女，君子好逑"的情绪，一丁点儿也没有。

我固执地觉得，子琪，一定是一个有故事的女人。

会编故事的善男信女遍地都是，真正有故事的男女却寥寥无几。我产生了强烈的好奇心，想知道子琪为什么没有成为夫唱妇随的女王，为什么还是一个没嫁出去的灰姑娘？

那段 VCR 拍完之后，子琪给我们每个人发了名片。

过了几天，我犹豫再三，还是鼓起勇气拨通了子琪的电话，说清楚目的之后，平时高冷的子琪毫不犹豫地答应了。我想，她可能也跟我一样，也想知道优秀的自己为什么还单着吧。我挂掉电话，舒展了一下眉头，在她那摄人的气场下，就算隔着电话，我都有一种说不出来的紧张。

等子琪化完妆，穿好衣服，已经晚上七点。我原本打算约在合江亭对岸的茶楼，但天已经黑了，我们就转战了兰桂坊，进去之后，子琪就签了好几只我从未见过，但是看上去非常名贵的酒，邀请我一边喝一边谈。我有点担心，怕她一会儿喝多了聊不清楚，但事实证明，我的担心是多余的，我一个男人都喝得脑憨耳热的时候，子琪依然面不改色，还是那副优雅的模样。

借着酒精，我问开了，而子琪越喝越多，在这灯红酒绿的酒吧里，她终于卸下了那副优雅，变得有些迷醉。在这样的状态下，她开始对自己过去的感情如数家珍，说到高兴处，她也像旁边那些人一样拍着桌子哈哈大笑。子琪说了很多很多，说清楚了她的感情是怎么来的，却想不清楚感情是怎么没的。

子琪说的第一件事就语出惊人。她说，她其实不止三十五岁，她已经四十一岁了，之所以对外谎报年龄，是因为自己老得太快。她还说，她整过脸，素颜根本不能看，说到这里，她高高举起酒杯，嚷嚷着要让我看她的素颜，我以为她喝多了，打算用酒卸妆，连忙阻止她，谁知她只是喝了一口，然后掏出手机，翻出自己的素颜照给我看。

照片上完全是另外一个女人，锥子脸，估计没整好，眉毛没有了，脸、鼻子、嘴巴都有明显动刀的痕迹，给人一种立体过头的感觉，难怪下午子琪化妆化了那么久。

我终于明白，为什么我们常常说女生化妆而不说画妆了，这一上妆，完全化成了另外一个人，想不到那个优雅的女神素颜竟是这般模样，我看得有些尴尬，赶紧打住，兜着圈子让子琪回到感情的问题上来。

2

子琪出生在四川西北一个闭塞的小山村，下面还有一个小弟弟，子琪的学习成绩非常好，但读到初二的时候，就被家里强行退学，理由是，女孩子最终是要嫁人的，读再多书都没用，还不如早点辍学，好打工挣钱补贴家里。辍学之后，子琪哭了整整一个晚上，然后两天两夜不吃不喝，但最后还是妥协了。

子琪来到成都，在一家茶楼做服务员，茶楼的旁边有一所开放

第三辑 不要哭，这只是小因果

式的职业学院，子琪一有时间就去旁听。每月发工资的时候，是子琪最开心的时候，她把钱全寄回家里，自己需要钱的时候，就找茶楼的老板借，等下月发钱的时候再还，认识子琪的人都夸子琪能干，都说要给子琪介绍个好婆家。

这时候，那个挺着海马肚子的矮胖男人出现在了子琪的世界里，海马肚子第一次来茶楼谈客户的时候，眼睛使劲儿朝子琪这边看，子琪被看得有些脸红，为了躲开海马肚子炙热的目光，只能假装低头去拿柜子里的杯子。从海马肚子和客户的谈话中，子琪得知，海马肚子是当地的土著，父母在成都红旗开关厂上班，家里有三层楼的红瓦房子出租，而海马肚子自己还在倒腾药材，可谓家境殷实，用当时流行的话来说，就是："炉子里的蜂窝煤，二十四小时没断过！"

接下来的几天，海马肚子天天来茶楼，时不时地给子琪带些礼物，这其中的奥妙子琪是懂的，她觉得，海马肚子虽然相貌平平，但家境殷实，嫁过去自己就是城里的阔太太了，以后自己回娘家的地位也不会低，所以当海马肚子开口追求子琪的时候，子琪毫不犹豫地就答应了，三个月之后，子琪和海马肚子结婚了。

结婚之后，子琪报了个中专，打算中专读完再要孩子，但海马肚子家的二老使坏，子琪还是怀孕了。

在子琪怀孕五个月的时候，二老以安胎为名，偷偷带子琪检查肚子里孩子的性别，得知是女娃之后，二老又骗子琪，说要住几天院，保胎。子琪躺在床上，半信半疑地听着，迷迷糊糊地就睡了过去，等她醒过来的时候，才知道孩子被拿掉了。

子琪失落地回到家里，海马肚子却对虚弱的她不冷不热。晚上，子琪躺在床上，怎么都睡不着，第二天早上，想了一整晚的子琪决定离婚。

得知子琪要离婚，子琪的爸妈当天就从乡下赶过来了，轮流着劝她，要以大局为重，海马肚子家境这么好，以后可以多帮帮子琪的弟弟。

说到弟弟的时候，子琪更加坚定了离婚的决心。子琪决定，要认认真真地为自己活一回，她不顾医生"没了孩子要躺在床上休息三天"的劝告，忍着肚子的剧痛，和海马肚子离了婚。

离婚之后，子琪没有跟父母回家，而是从茶楼老板那里借了二百元钱，三十元租房子，一百二十元预交了中专的学费，剩下的五十元留作生活费。一个星期之后，子琪身体恢复了，她回到茶楼继续上班，不再给家里寄钱，海马肚子来茶楼找过她两次，但是她早已经下定决心——女人，要好好为自己活一次。

3

不过，从后来的发展情况来看，子琪明显地为自己活过头了，当然，这是后话。

离婚之后，子琪连着在茶楼上了三年班，省吃俭用，用存下来的钱去读了中专，毕业之后，子琪成了一名会计。那时候，子琪一边上班，一边炒股，一年下来攒了十来万，要知道20世纪末的十来万，足够在五块石站东或者站北买一个不小的铺子了。

子琪看着存折单上惊人的数字，想着自己作为一个女孩子的艰难，子琪决定，开一家婚介所，教女孩子如何在婚姻中占据优势地位。

刚开始的时候，子琪的婚介所生意并不好。因为，在大家的潜意识里，婚介所的老板一般都是一个身材发福的大妈，哪有比自己还漂亮的红娘呢，所以，子琪的婚介所前半年都在亏损。

不过子琪也不慌，她坚信，只要自己坚持，一定能闯出一片天地。

终于，子琪的婚介所来了个女大专生，这一次，子琪成功了。子琪给女大专生介绍了一个好婆家，男方的妈妈是一所中学的副校长，男方的爸爸是本地出了名的和事佬，而那个男人在跑长途客运。

这一单成了之后，子琪的婚介所在当地名声大噪，等着子琪做媒的人在婚介所排起了长队，有的是年轻人自己来，有的是老人家代替年轻人来。不过子琪却很冷静，因为她知道，之所以这次介绍的能成，不是因为自己有多会说，而是因为那个女大专生本人相当标致，各方面都强人一头，所以，真正需要的，还是在女人自身的素养上。

子琪开始在婚介所开课，教女人们除了美丽之外的东西，在课堂上，子琪教女人们如何说话，如何处世，如何据理力争，如何奠定自己的家庭地位……经过长时间的总结，子琪发现一个真理——女人要想被爱，先得自爱。

就这样，子琪的婚介所开了十多年，成就了无数姻缘。很多找不到对象的男男女女，在子琪那里上课之后，立马跟换了个人似的，突然变得很能干，也很快就找到了对象。

看着婚介所的累累硕果，满意之余，子琪的心里也会有小小的失落，因为，她自己还单着。不过她也并不担心，她觉得，没嫁出去的女人都是灰姑娘，与自己的白马王子只差一双水晶鞋，而自己就是那个给别人做水晶鞋的人,既然给别人都做了那么多双水晶鞋,给自己做水晶鞋岂不是轻车熟路,手到擒来。

再后来,大概就是前两年吧,各种坑蒙拐骗的婚介所如雨后春笋一般,人民公园的相亲角全张贴着婚托的资料,就差没贴富婆重金求子的广告了,就算抛开这些,那些寻找婚姻的年轻人也良莠不齐。子琪觉得,再把婚介做下去,就要砸了自己的招牌了,于是,子琪瞅准时机,开了现在这家高端婚介俱乐部。

与其他婚介俱乐部不同,子琪的婚介俱乐部,无论男女,都提高了门槛,要加入子琪的俱乐部,男的至少要身价千万,后来这个标准上升到了一个亿。因为同为女性,子琪对女性的要求更为苛刻,净身高一米七以上,身材窈窕,面容姣好,并且还要有大学本科以上的文凭。但是,就算满足这些条件的女孩子,也让子琪抓狂,很多女孩子,什么都不懂,走起路来,体格比男人还健壮,还有的各种傻白甜,整天除了嘟嘴卖萌什么都不知道,一句话都说不完整,等等。

一切都要从零开始教起,让子琪操碎了心。

同时,子琪的追求者也众多,其间,有两个优秀的男人追过子琪,一个是家财万贯的高富帅,第一次见面的时候就掏出一把保时捷的钥匙塞到子琪手里,被子琪拒绝了。另一个是酷似吴秀波的大叔,是一家上市创业公司的CEO,笑起来的时候很男人,子琪看得很喜欢,但子琪还是毫不犹豫地拒绝了。因为在子琪眼里,这群女孩子就像一群没人要的灰姑娘,而自己就是她们之中鹤立鸡群的女王,没有自己给她们的水晶鞋,她们永远遇不到自己的白马王子,而自己是女王,想要白马王子随时都可以。

但是,随着俱乐部的灰姑娘们被王子领走了一批又一批,子琪自己的容颜却在岁月中悄然凋零了,她从过去隔三岔五就有追求者前来试探,渐渐变得无人问津了。那些子琪眼中的灰姑娘,个个都在她这里穿上了水晶鞋,变成了公主,遇到了自己的白马王子。而作为女王的子琪,对所有的礼义廉耻、妆容仪态都熟记于胸的女王,她确定一定以及肯定,自己比俱乐部里的任何一个灰姑娘都优秀,但她怎么也想不明白,为什么自己反倒越来越像一个丢了水晶鞋的灰姑娘呢?

为了维护一个女王的尊严,子琪想到了时下流行的整容,她找了家朋友开的整容医院,打了玻尿酸,填了硅胶,磨了颧骨……能动的地方几乎都动了,虽然并不算完全成功,但只要化上妆,就可以变得精致无比。整过之后,子琪精致的面孔引起了俱乐部里灰姑娘们的尖叫,子琪也相当满意,现在,她又可以被称为女王了。

子琪端着红酒杯,半披着头轻轻摇晃着,优雅得像一个国外的中世纪贵族小姐,她的美貌不只引起了俱乐部女孩子们的惊讶,更引得了俱乐部的精英男士们由衷赞叹。但子琪很快发现了问题,男士们就像围观一件中看不中用的奢侈品一样,看得津津有味,却始终没有人出手,没有人向她表达爱意。

2014年年底,在子琪的帮助下,俱乐部的灰姑娘们纷纷被自己的白马王子领走,只剩下了吊车尾的马可然。看着堆积如山的喜帖,子琪终于觉得:自己不再是那个女王,而是和马可然一样可怜的灰姑娘,需要水晶鞋才能遇到白马王子,不过自己比马可然的情况稍好一点儿,按照自己各方面的条件,肯定能比马可然早脱单。

而且,这次子琪和马可然物色的对象竟然也是同一人,吊车尾的马可然,怎么可能会是她子琪的对手。

子琪和马可然同时喜欢上的是一个很有天分的画家，画家是加拿大籍华人，年纪轻轻就积累了巨额的财富。其实在画家加入婚介俱乐部的第一时间，子琪就被迷住了，马可然也被迷住了，为了俘获画家的心，两人谁也不肯让步。

做出追求画家决心的时候，子琪觉得有点讽刺，自己竟然和俱乐部的灰姑娘抢白马王子，但她顾不了那么多了，她已经很多年都没有那种心动的感觉了。本着公正、公平、公开的三公政策，子琪打算和马可然公平竞争，然而，子琪和马可然的起跑线完全不同，马可然是刚从大学里出来的大姑娘，子琪是经过长时间的积累，浑身上下散发出了让女人都赞叹的优雅。

果不其然，一个星期就高下立判。子琪已经和画家吃了好几次饭，而马可然就不行了，马可然给画家发微信，画家都爱答不理。不过，子琪觉得，自己和画家之间还是有一层无形的阻隔，为了彻底让画家拜服在自己的石榴裙下，子琪决定使出捕捉男人的绝招：若即若离。

因为画家无意间说了句"你就像童话中的灰姑娘"，子琪立马发难，气呼呼地开着酒红色的路虎神行者二扬长而去。当然，对子琪来说，一切尽在掌握，她不是真的想疏远画家，而是想通过可以制造的距离，让自己和画家的关系板上钉钉。子琪将画家的电话、微信统统拉黑，她决定好了，一个星期之后再搭理画家。

在不理画家之后的第三天，子琪参加了一个私人俱乐部的年会。

看着那些卿卿我我的小情侣,子琪的鼻子有些酸,她想,要是这个时候画家在自己身边该有多好。但是,她想到画家说自己是"灰姑娘"就来气,哼,自己明明是女王,只有马可然那样的才是灰姑娘,这样想着,子琪的内心更加坚定了暂时疏远画家的想法,她决定将疏远期从七天延长到十天。

第五天,当子琪在婚介俱乐部的董事长室无所事事时,为了万无一失,她叫来助理,打听自己的情敌马可然有没有什么动作,有没有来婚介俱乐部加班加点提升自己。得到助理否定的回答后,子琪躺在椅子上长长出了一口气,助理离开之后,子琪觉得自己紧张过度了,像马可然这样的灰姑娘,怎么配被自己当作情敌呢。

第七天,子琪一夜没睡,眼睛浮肿、起了黑眼圈,化妆都盖不住了,助理看在眼里,安慰道:"董事长,别担心,马可然那个烧火丫头怎么会是你的对手?"

正好子琪内心的怨气无处发泄,冲着助理吼道:"谁说我担心了?你哪只眼睛看见我担心了?"

助理被轰出了董事长室,这个助理已经跟了子琪八年,这是子琪第一次发火。子琪的身体,顺着椅子软软地滑落到地上,子琪顺势就坐在了地板上,双手揪着自己的头发,仿佛要把烦恼丝都扯下来。虽然室内有空调,但地板却是冰冷的,被地板这么一冰,子琪清醒了不少,她觉得世界前所未有的真实,真实的可怕,子琪也决定真实一回,放下自己优雅的偶像包袱,马上去找画家。

酒红色的路虎神行者二如同离弦之箭,义无反顾地冲入微澜的夜色之中。子琪紧握着方向盘,脚下使力,将车速提到了最快,她用蓝牙拨打了画家的电话,但提示的是"你拨打的用户现在不方便接听你的电话",连着拨打好几次,都是这样的语音提示。子琪这才意识到，自己可能被画家拉黑了，子琪拿出一个不常用的电话号码，再次拨打画家的电话，这一次打通了，果然，自己被拉黑了。

"他一定是拉黑拉错了，可能是要拉黑马可然的，结果把我给拉黑了。"子琪这样安慰着自己。这时，电话接通了，子琪正要说话，电话里传出一个女人的"喂"的声音，这个女人的声音像个变声期的孩子，子琪再熟悉不过，是马！可！然！子琪啪的一声挂掉了电话，继续朝画家住的地方开过去。

快到画家门口的时候，子琪看到了马可然，此时，马可然的那辆没有上牌的老年四轮电动车正停在画家的别墅小院门口，马可然正坐在车里打电话，子琪熄火，关了车灯，在暗处观察着。

马可然打完电话，画家就从别墅出来，然后钻进那辆与他身份极不相符的老年四轮电动车里。子琪想得比较坏，觉得那台车会在黑暗中震动一番，但是并没有，画家只是蜻蜓点水般地吻了一下马可然的额头，然后两个人开着那辆老年电动车消失在了夜色中。

看着这一幕，子琪打开车灯，闭眼坐在座位上，久久没有打火发动。

5

三个月之后，马可然就和画家成亲了。

马可然和画家的结合让子琪的婚介俱乐部名声大噪，马可然，一个烧火丫头，一个真正的灰姑娘，在这里遇到了一个才华和财富齐备的白马王子。

现在，不光是那些漂亮的姑娘，各种歪瓜裂枣的姑娘也都来排

第三辑 不要哭，这只是小因果

队了，都想在这里穿上子琪给她们的水晶鞋，成为公主，找到自己的白马王子。更有甚者，几个奶油小生也来俱乐部登记，打算找个富婆一起生活。

事业的腾飞，本该是一件让人高兴的事情，但子琪怎么也高兴不起来。连马可然都找到白马王子了，只有自己，只有她自己还是灰姑娘，或者这样说，只有她自己才是灰姑娘。

到这里的时候，我几乎可以确定，子琪的爱情折戟绝非偶然，而是冥冥中早已注定的，就算当初没有马可然这个竞争对手，她和画家也一定不能走到一起的。在男人眼中，子琪其实优雅过头了，这就跟女博士一个道理，很多女人，为了修炼内功，增加学识，一心钻研，最后学识过头，成为独立于男女之外的另一种生物——女博士。子琪也是如此，优雅过头了，已经超出了正常人能够接受的维度。

在我的眼中，一个人，尤其是爱相互比较的女人，看别人的时候，看到的不是别人的模样，而是自己的影子。

如果看别人，觉得别人都是灰姑娘，那么——只有你才是灰姑娘。

二、陌生旅店

阿怡用她春水般的眼睛盯着我看了足足三十一秒,别问我怎么知道的。因为这期间我的心跳加速,足足跳了六十二次,换算成时间就三十一秒。

1

2016年冬天,为了帮朋友的灵异网剧选景采风,我去了四川云南交界的一个小镇。对那小镇我已经十分熟悉,不多天就选好几个拍摄地点,把照片"PO"过去得到朋友肯定的答复之后,我收拾好行囊,退掉旅店,告别熟识的旅店老板准备离开。

到车站时已是傍晚,小镇到市区的最后一趟班车已经满座,我婉言谢绝了跟车售票员将自己座位让给我的好意,决定在小镇多逗

第三辑 不要哭,这只是小因果

留一晚。于是我回到刚才退掉的旅店,一向口齿伶俐的老板居然支吾半天,才告诉我,我退掉的房间已经被人入住了,而且,旅店已经没有房间了。

"果然是亚热带气候,全是来过暖冬的客人。"我心里一边念叨着,一边拖着行李离开。

趁着天还没黑,我加快脚步在小镇上寻找,希望能找到一个熟识的旅店落脚。不幸的是,每一个我熟识的旅店,每一个我熟识的旅店老板,都无可奈何地告诉我:"你要是早几分钟过来就好了,刚好满客!"

夜幕降临,即便是亚热带的小镇也透出丝丝寒意,看着路灯触及不到的暗处,我总觉得,在黑暗中,一定有什么东西,裹挟着触须从深处往浅处攀爬。想到这里,我一个机灵,加快了脚步,内心所有的罗曼蒂克齐整整地单纯起来,找不到熟识的旅店没关系,先找个陌生旅店将就一下,也总比露宿街头要强得多。

正走着,一不小心和一个中年女人撞了个满怀,我们俩也都没在意,匆匆而过。

"帅哥,需要服务吗?"背后传来年轻女孩子美妙的声音,语气有些俏皮。

这声音我十分熟悉,尽管我们已经三年没见,但从语气里我可以断定,一定是她。我用余光环绕四周,除了刚才和我撞了一下的那个中年女人外,街道上空无一人,看来,我虽然在街道的暗处,但她在更暗处,她看得见我,我看不见她。

于是我故作镇定地调笑道:"多少钱?"

"一次四百,包夜八百!"她的声音依旧俏皮。

我继续调侃道:"那不行,我从来不找这么便宜的。"

说完，我环顾四周，街道上除了我和刚才撞到的中年女人外，依然空无一人，我有种不祥的预感，而这种预感在俏皮的声音响起的万分之一秒后立刻化为现实，我不知道应该怀疑自己的眼睛还是耳朵——那声音，居然是从那个中年女人嘴里说出的。

片刻之后，我确信了，她就是三年前我认识的那个妙龄少女——阿怡。只是，她现在那副四五十岁的沧桑皮囊，让我不禁猜想起她这三年来的遭遇，她似乎也从我的惊讶中明白了什么，也不解释，只是淡然一笑："你没地方去了吧！"

鬼使神差地，我跟着阿怡进了一家陌生旅店的标间，标间里有两张不大的床，床上铺满了灰尘，我用手在冷冰冰的床板上一抹，手掌上粘了一层灰，她也不擦灰尘，径直在一张床上坐下，而我坐在另一张床上。

借着房间里昏暗的灯光，我能看出来，进了房间之后，阿怡的精神明显又萎靡了一圈。阿怡也没搭理我，扭过身子，揭开墙上一张张靓颖的海报，从一个可以容下一只手的墙洞里摸出一盒烟，点上。

阿怡心满意足地吸了一口之后，告诉我："冬天了，镇上生意不好做了，年轻人一到冬天就都去外地了，把房子腾出来，高价租给那些来度暖冬的体弱的外地老人，他们倒是赚到钱了，可我的生意没人照顾了。"

长达一分钟的脑补之后，我恍然明白了一个残酷的事实，阿怡口中的"生意"，就是肉欲和金钱交易的男女生意，而刚才墙上那个阿怡掏烟的洞，应该是阿怡留给同伙从隔壁偷"生意人"裤兜的，可惜随着阿怡的"生意"一同荒废了。只有等到春回大地，体弱的老人们逐渐离开，精力旺盛的年轻人们重回小镇才会再有

"生机"了。

阿怡抽完烟,洗了澡换上睡袍,空气中弥漫着沐浴露的香味,洗澡之后的阿怡恢复了几分当年的神采,要不是我目睹过三年之前阿怡的美貌的话,作为一个正常男人,和阿怡共处一室一定会把持不住。我迅速躺下,强迫自己闭眼,阿怡叹了口气,关了灯,在另一张床上躺下了。

我在床上翻来覆去,难以成眠,倒不是因为孤男寡女共处一室的尴尬,因为我始终坚信,从三年前我第一次见到阿怡起,我们之间,一直都是一种比阿怡声音还纯洁的友谊。之所以纯洁,是因为这种友谊曾经过暧昧幻想的锤炼;我之所以睡不着,是因为我想不明白,三年前,一个一切都向着美好方向发展的美丽女孩,怎么会在三年后落到这个境地。

阿怡似乎也明白我的心思,黑暗中,她一声悠长的叹息,打开灯坐了起来,我们分别在两张床上,盘着腿相对而坐。这三年发生的事情她娓娓道来,她的声音也在午夜的空气中盘旋着,经久不息。

当然,所有的故事,都要从我三年前第一次遇见她说起。

2

三年前的夏天,我正被各路出版社的编辑好汉催稿"追杀",但我的脑袋却跟寺庙里的木鱼一样,怎么敲都没有一丝涟漪。为了躲避催稿,同时顺带寻找灵感,我背着简单的行囊从云南四川交界的小镇上山(就是前文中的小镇)。

这座山十分静谧，还保持着大量的原始景观，以致没有专门的交通工具，步行是不可能的，因为就算是住在山里的老乡，抄近路也需要一天一夜才能到达山顶的村子。像我这样不识路的人，进了山能不能活着出来都是个问题。

　　交通如此落后，多亏我跟山顶村子旅店的老板混得很熟，在他用电话"远程协助"下，一辆送货上山的皮卡答应上山。

　　车窗外的空气闷热，车厢里的空气更加闷热，十几号人外加一些货物和一头猪，挤在一辆皮卡上，我被挤得胸闷气短。正在此时，一个老乡扯着嗓子吼起了山歌，如果是在平时，对于这种淳朴的歌声，我一定会仔细聆听一番，但此情此景，我只能借用一句老掉牙的话来描述我的心情，那就是他的歌声让这个炎热的夏天更加炎热了。

　　然而，随着皮卡在羊肠小道环绕而上，大山终于巍峨起来，看着路边清澈得如同翡翠的小河和郁郁葱葱如同童话世界般的原始森林，听着各类鸟儿的清唱，我觉得这一路上的跌跌撞撞也都是值得的，再随着海拔的上升，空气也凉爽了几分。

　　下午四点，空气骤然闷热起来，而天空也突然阴沉，车上的老乡们叽里呱啦地说道："怕是要下暴雨了。"

　　老乡的话让我十分惶恐，这山上的暴雨并非浪得虚名，因为这山上的雨水一向很大，一言不合就是泥石流，雨停之后还得等挖掘机从小镇上山来修路，总之，一旦遇上暴雨，在山里被困个三五天简直是家常便饭。

　　我正担心着，一声惊雷在半山腰炸响，紧接着接二连三的闪电劈头盖脸地扑打过来，还没等我回过神来，倾盆大雨就下来了，一瞬间，所有人都感受到了大自然的可怕力量，都愣住了，只有皮卡

第三辑 不要哭，这只是小因果

车的雨刷在做着微弱的抵抗。

司机眉头紧锁，紧捏着方向盘，突然，一个急刹车，皮卡车停住了，因为在皮卡车前方十米开外的地方，泥石流将山路截了一段。

司机叹了口气："走不了了！"

包括我在内的所有乘客纷纷冒雨下车，三三两两地消失在了暴雨中，司机调了个头，说是开到自己的亲戚家避雨去了，留下了我一个人独自站在暴雨中。虽然我在山顶村子熟识的旅店定了房间，但此时距离山顶还很遥远，而泥石流的声响也时远时近，再加上山里的熊瞎子多次袭击村民牛羊的传闻，我决定就近找一家陌生旅店先住下。

我加快脚步，顺着山路前行，终于在傍晚找到了就近的村子。村口，一个长直发的白衣女子直愣愣地站在雨中，我吓了一跳，怕遇上什么幺蛾子，加快脚步朝村里小跑而去。

终于，我进了村子，在村子靠里的地方找到一家旅店，旅店老板是个清瘦的中年男人，刚到门口，我就有点后悔找这家陌生旅店了，门口能闻到浓烈的牛羊气味，不过也没办法，总比在外面淋雨好吧。

老板将我领进屋之后，我惊喜地发现，屋子里摆了一桌子丰盛的菜，而且看样子还未开动，在老板的盛情邀请下，我衣服也没换，便心怀感激地坐下。包括我在内，桌子上坐了四个人，老板，老板娘，一个敦实的小伙子，还有我，但桌子上的碗筷却有五副，也就是说，还有人没有上桌。

老板招呼道："来，我们先吃吧！"

此刻我已经饥肠辘辘，假意拒绝一番之后，马上操起筷子，准备大快朵颐,就在此时,随着一声巨大的关门声,一个浑身湿透的女孩子冲了进来,我抬头一看,这不正是刚才在雨中伫立在村口的那个女孩吗?我慌忙地收回目光,这才发现那个敦实的小伙子正直勾勾地看在女孩子身上。

"哼!"女孩做了一个不屑的表情,然后上楼去了。

"来!快吃!一会儿凉了!"老板夹了一条香酥细甲鱼,然后放到我碗里。

我有些不好意思,口是心非地说道:"等等她吧!"

老板娘说道:"不用等了,她从小就这样,被惯坏了,一生气就不吃饭了,这么大了,还不听话。阿宽,你别在意,回头我和你叔好好教育她……"

老板娘开始有一句没一句地念叨,我一边埋头吃饭,一边听着。从老板娘的话里,我知道那个敦实的小伙子叫阿宽,那女孩子是店家的女儿,叫阿怡。阿怡在山下的小镇上打工,家里忙着打核桃她才回家帮忙,而阿宽和阿怡同村,是店家给阿怡物色的对象。

从刚才阿怡进来的照面中,看得出阿宽对阿怡十分爱慕,这也难怪,即使是我,也在刚才和阿怡对视的时候愣了一下,更别说阿宽这种从未下山的血气方刚的小伙子了。

老板娘正说着,阿怡下来了,她换了一身干净的男人衣服,应该是老板的,衣服虽然宽松,但穿在阿怡身上依然仙气十足。阿怡朝我看过来,我赶忙避开她的目光,而阿宽更为窘迫,本来要扒拉进嘴里的饭却扒拉到了桌子上。

"今天太阳从西边出来了,居然还下来吃饭了。"老板娘侃道。

阿怡嗔怒:"我高兴!"说完,就埋头在碗里吃着白饭。

然后场面就陷入了尴尬,大家都只是吃饭,不说话,吃完饭后,气氛总算是缓和了下来。雨也已经停了,老板在院子里放下一口大铁锅,点上篝火,用最原始的方法驱赶夜里的湿寒,火点起来之后,老板就和老板娘进去忙活了,我、阿怡、阿宽,三个人以三角之势围坐在篝火旁。

阿宽坐立不安,手都不知道该放哪里,十分局促,涨红了脸,喉咙动了动,似乎在酝酿着什么。三十秒之后,阿宽表情坚定,嘴巴里破釜沉舟地蹦出几个字:"阿怡,你身上的味道真好闻!"

阿怡不理他,反倒站起来,坐在了我旁边,阿怡问我:"你是小镇上来的吧?"阿怡开口的一瞬间我打了个激灵,她的声音如同山涧的河流一般清澈无比,不带任何杂质,我终于明白阿宽为何面对阿怡如此窘迫了。

"喂!问你话呢?"阿怡嬉笑着揪了我一把。

这一揪我不要紧,阿宽急了,赶忙说道:"阿怡,我给你烤土豆吧,山上的土豆又粉又甜,在山下根本吃不到。"

阿怡一本正经地说道:"谁稀罕你的土豆,你吃你自己的,吃了长成个土豆样,我要帮他烤衣服。"

说完,也不顾我反对与否,阿怡三下五除二地就将我的上衣脱下来了,此刻,阿怡爸妈给她物色的对象就在旁边,而且对她殷勤不断,阿怡却要帮我烤衣服,还将我的上半身剥了个精光,此情此景,又是面对一个如此美丽的女孩子,我不免飘飘然起来。

阿宽失望地站起来,对着屋子里说了声"叔叔,阿姨,我先走了"之后就离开了。

院子里只剩下我和阿怡了,为了掩饰自己的窘迫,我跟阿怡有一句没一句地聊起来。

我问阿怡:"你在山下镇上打工啊?"

阿怡俏皮地眨了眨眼睛："我骗我爸妈的，我在镇上的酒吧里驻唱，这种工作不能对他们说，怕他们误会，等攒够了钱，就去参加选秀，然后去大城市赚大钱，再把爸妈一起接过去。"

阿怡的话让我产生了不小的悸动，我告诉她："现在的娱乐圈，女孩子要靠唱歌出名，得要有真本事，喉咙起码要练到容纳得下话筒才行。"我还留了半句话没告诉她，如果只是驻唱，恐怕她这辈子都攒不够参加选秀的钱。

后来我们聊到阿宽，阿怡明显有些不高兴，她一脸不屑地说道："就他那个呆瓜脑袋，谁稀罕他！我爸妈稀罕他，是看上他家承包的那段小河，每年月半节可以打鱼吃。"

我问她："那你稀罕什么样子的？"

阿怡用她春水般的眼睛盯着我看了足足三十一秒，别问我怎么知道的，因为这期间我的心跳加速，足足跳了六十二次，换算成时间就三十一秒，这让我感到又羞又怕，生怕阿怡的爸妈突然拿着棍棒冲出来，把我当成蒙骗他们女儿的坏人打倒在地。

三十一秒之后，阿怡压低了声音在我耳边说道："我喜欢你这样的城里人……"后面的话我听不进去了，我感觉头脑眩晕，血液回流。我想，阿怡的爸妈快冲出来吧，哪怕阿宽折回来也好，别让我再和阿怡独处了，太要命了。但当阿怡的爸爸端着米酒走出来时，我又有些失落，觉得这个院子里只有我和阿怡两个人就够了。

平时不爱喝酒的我这次大口喝酒，一杯接着一杯。我也记不得自己是怎么回到房间里，然后又躺在床上的了。半夜的时候，我做了一个不可描述的怪梦，然后就惊醒了，一直醒到了第二天天亮。

天亮之后，我的酒也醒干净了，感觉自己突然就进入了一种前所未有的贤者时间。因为昨晚的那个不可描述的怪梦，我决定找阿怡道歉，我推开窗户，想透透气，通过窗户，我看到阿怡正在院子里梳妆，在晨曦中，我产生一种错觉，一天是从晨曦开始的，而所有的晨曦都是从她的脸开始泛起的。

我走下去，跟她说了声对不起，她说没关系，你误会了。事实上我真的是误会了，她对我有好感没错，但我怦然心动地以为这是一种恋人之间的好感就大错特错了，在我的身上，她找到了她恋人的影子，找到了那种认同感。

阿怡说："我喜欢的那个人跟你一样是个城里人，不过比你更有文化一点儿，戴个金丝眼镜。"

我本想告诉她，现在越是坏的人越喜欢戴金丝眼镜，但我转念一想，我现在又何尝不想去配一个金丝眼镜来讨好阿怡呢？太阳升起，晨曦终于和阿怡美丽的脸庞分开，但阿怡的脸依然像晨曦一样透明，让人捉摸不定。

阿怡又说："我知道他不喜欢我，但是，我决定努力争取一下！"

我无力地应和着，然后找个借口回了房间，刚进房间我就听见院子里阿怡和她妈妈激烈的争吵声，大致是阿怡想嫁给她喜欢的金丝眼镜，而她妈妈不同意，坚决要她嫁给阿宽。我默默地收拾好东西，结了账逃也似的离开了这家陌生旅馆，直接下了山。

之后的几天，我大病一场，在家里萎靡了好一阵儿。

从三年后阿怡的讲述，当我逃离那个陌生旅店之后，阿怡义无反顾地选择成了别人爱情的陌生旅店，想要留得爱人常住。当然，无论爱情还是住宿，陌生旅店只能留得住客人对付一宿，并不能常住，一旦客人发现熟悉的旅店，便会义无反顾地告别陌生旅店，投入到熟悉旅店的怀抱。

三年前，阿怡在和家里人大吵一架后，就回到了镇上，金丝眼镜到车站把她接回家里，当天晚上两个人就在一起了。金丝眼镜用力地拥抱着阿怡，发誓要一辈子对她好，出资让阿怡参加选秀，而阿怡如同被猎人驯养驯服的幼兽一般，对金丝眼镜百依百顺。

在金丝眼镜的帮助下，阿怡第一次参加了选秀比赛。阿怡天籁般的声音征服了评委，顺利地杀入复赛，登上了地方晚报的头版，跟着阿怡晋级复赛的，还有金丝眼镜在舞台上当众向阿怡的求婚，在现场众人的尖叫和祝福声中，金丝眼镜单膝下跪掏出一克拉钻戒，那一刻，阿怡幸福得快融化了。

阿怡很快成了轰动全城的人物，这也引起了另外一个女人的注意，复赛当天，正当阿怡在台上唱得深情之时，这个女人从观众席里冲出来，抢过话筒，以一种趾高气扬的姿态打断了比赛，现场一度陷入了混乱。

女人用话筒对着全场观众冷冷地说道："刚才这位唱歌的小姐是小三，希望大家不要被她的外表和声音蒙蔽。"

阿怡的目光落在女人左手无名指的钻戒上，那个戒指和金丝眼镜送给阿怡的是同款，但镶在上面的钻石足足大了一圈，孰轻孰重一目了然，阿怡不敢相信眼前发生的一切，向台下的金丝眼镜投去求助的目光。

金丝眼镜默默上台，从阿怡身边走过，然后拉着女人的手走下了舞台，整个过程一气呵成，甚至没有片刻的停留，甚至连眼角的余光都不愿施舍给阿怡，那个金丝眼镜，那个阿怡觉得会给她一辈

第三辑 不要哭，这只是小因果

子幸福的男人。

现在的阿怡已经记不起（或者不愿记起）当时台下观众的异样目光了，也不知道自己是怎么走下的舞台，怎么回到那个曾经她和金丝眼镜的住处。

回去之后，阿怡将房间反锁，只留下了一扇窗户，她在半睡半醒间躺了三天之后，决定去找金丝眼镜问个清楚。当阿怡在小镇的步行街找到金丝眼镜的时候，金丝眼镜正和那个女人甜蜜地在逛一家孕婴店，金丝眼镜发现了阿怡，故意避开了目光，那个女人也发现了阿怡，横了一眼阿怡之后，突然和金丝眼镜吵了起来。

女人又吵又闹，金丝眼镜使出浑身解数，然而女人不依不饶，最后金丝眼镜竟双膝跪地哀求起来，阿怡愣住了，女人朝阿怡使了个得意的眼色，然后在金丝眼镜的哄哄抱抱下离开了。阿怡再次回到那个曾经属于她和金丝眼镜的住处，再次将自己反锁在房间里，这一次没留窗户。

阿怡相信，自己的心如同自己的房间一样，门永远地关上了，而那扇窗户也没有人能再推开了。

第二天天未见亮，阿怡就被一阵急促的敲门声给敲醒了，她不知道那人是谁，但敢肯定那人一定不是金丝眼镜，因为金丝眼镜是文化人，敲门跟说话一样轻柔。既然不是金丝眼镜，那是谁都已经不重要了，敲门声响了小半天，直到隔壁邻居不耐烦地开门呵斥才停息，阿怡再次昏沉沉地睡了过去。

等阿怡再次醒来，第一眼看到的是阿宽从窗户里伸进来的憨厚的脸，阿怡吓了一跳，而阿宽也吓了一跳，阿宽"啊"一声惨叫后就从窗户摔了下去。

阿怡在医院照顾阿宽的时候，阿宽告诉阿怡，在阿怡下山之后，他在山上一直饱受相思之苦，后来就来到小镇上寻找阿怡，辗转打听到了阿怡的住处，那天他敲了半天也不见阿怡开门，因为担心阿怡，所以就打算翻窗进来。

好在阿宽从小在山里长大，练就了一身钻山爬树的好本领，最后仅仅是摔断了一条腿，一个月之后就出院了。出院之后，阿宽就和阿怡在一起了，刚开始阿怡还有些不习惯，但随着时间一天天的涂抹，阿怡也渐渐接受了，开始憧憬起和阿宽的未来，而阿宽也甘之如饴。

平时，阿宽就在外面做工，阿怡负责收拾家里，谁知就在一切都快平静下来的时候，金丝眼镜再次出现了。因为阿怡一直没换住处，金丝眼镜很轻松地就找到了阿怡，他不断地对阿怡说着甜言蜜语，但此刻的阿怡是十分清醒的，她知道金丝眼镜不过是被寂寞憋坏了，毕竟那个女人已经怀孕了，所以她忍痛拒绝了金丝眼镜，但金丝眼镜却不依不饶，竟和阿怡拉扯起来，眼看金丝眼镜就要得逞，这时，门口突然想起了敲门声。

阿怡一把推开金丝眼镜，着急地说道："快走，我男人回来了！"

敲门声变成了踹门声，而且越来越急促，金丝眼镜左顾右盼，发现无路可逃，便想要翻窗逃走，但金丝眼镜没有阿宽钻山爬树的本领，就在阿宽踹开门的那一瞬间，金丝眼镜失手摔了下去，当时就没气了。而阿宽也由于气急攻心，精神出了问题，进了第四人民医院。

阿宽的父亲在听说阿宽的遭遇之后，病倒了，阿宽的母亲眼睛也哭瞎了。阿怡觉得自己欠阿宽很多，打算从经济上补偿阿宽的父母，但她一个女孩子，要挣钱谈何容易啊，最终，她选择了做"生意"，一转眼就做了快三年了。

故事到此为止，我深深地明白了，阿怡的爱情悲剧绝非偶然。她的爱情就像一家陌生旅店，没有旅店住时可以将就一宿，而一旦有其他喜欢的、熟悉的旅店，最后肯定会离开。对金丝眼镜来说，阿怡是一家陌生旅店，可以将就一段时间，但不能常住；对阿怡来说，阿宽也是一家陌生旅店，将就可以，常住绝无可能。

我把这个生硬的道理告诉了阿怡，阿怡淡淡地"哦"了一声，撩起衣服反问道："我没什么文化，你说那些我不懂，你说那么多，还不如来照顾一下我的'生意'！"

我往后退了退，冷静地说道："你这样是不对的，需要钱我可以帮你想办法！"

"可我现在不需要钱了！"阿怡掐灭了烟，旋即又点上一根，"阿宽的爸妈都死了，我不需要钱了。"

我无话可说，站起来，踩着满地温热的半截烟头离开了，出门之后，我恍然明白了，我说的阿怡其实都懂，但是，当陌生旅店住久了，熟悉了，便没有办法再离开了。她为阿宽"付出"了那么久，习惯了，现在阿宽家里不再需要她的经济支持了，她反而会在"生意"这条路上更加坚持，才能填补现在巨大的空虚。

这一切的悲剧，都是从将就一个陌生旅店开始的。

三、罗曼蒂克不实惠

人有时候真的很奇怪,你去拼命地去追求的,不过是一只影子,而最可笑的是,还想和影子罗曼蒂克。

1

如果换作他人的话,关于夏石的故事会很快就结束了,但夏石的性格让自己的故事延续着。林沁雨刚刚离开,夏石就追了出去,在楼下终于追上了林沁雨。夏石深吸一口气,挡在林沁雨的面前:"林沁雨!"

林沁雨一脸疑惑:"'Excuse me?'你是?"

夏石解释道:"我是那个谁?不,做策划的,就是那个夏石,夏致远啊?"

林沁雨更加疑惑："我们认识吗？"

林沁雨像看陌生人一样看着夏石，或者说，夏石对于林沁雨来说，本来就是个陌生人，只是夏石自作多情地认为彼此熟悉罢了。

在之前，夏石预想了很多种场景，以及各个场景的处理方案，却没有料到这样的情况。

林沁雨走了，留夏石一个人待在原地。

2

我一直觉得，从十大恶犬之首的单身狗数量来看（尤其是男单身狗），男孩子的爱情是不能讲究、只能将就的，甚至连将就都没得将就。毕竟，等两情相悦的精神冲动冷静下来之后，爱情总归还是要回到看得见、摸得着、填得了肚子的物质上。偏偏他们的物质跟精神一样一无所有，所以……他们的爱情基建尚且如此糟糕，更别说建立在爱情之上的高级建筑罗曼蒂克了。

在这样的环境下，男孩子们听到最多的一句话就是：像你那个×样，谈什么恋爱，每天在 APP 上看看直播得了，就知足吧你！刚开始，男孩子们听到这句话还会感觉受到侵犯。久而久之，也就麻木，认命了。

当然，也有例外。比如本文的主人公，夏石，不仅勇敢地追求爱情，而且追求的还是罗曼蒂克的爱情。所以，我今天打算讲讲夏石，一个关于罗曼蒂克的故事。

夏石三十一岁，原名夏致远，夏石是朋友给他取的绰号。当时"我好方"的表情包在微博、朋友圈大杀四方，突然有一天，夏石办公室里实习的前台妹子一声尖叫,将大家召集起来同时指着夏石的脑袋和"我好方"的表情包说道:"你们看,像不像?方不方?这两货简直一个模子里刻出来的……"

大家纷纷点头表示赞同,夏致远的脑袋确实很方,方得像一块石头。

从此,夏致远因为头很方,就被称作夏石了。夏石对于这个带着人格嘲讽气质的绰号并不在意,因为那个前台妹子不是第一次这样取笑他了,上一次,前台妹子就指着夏石那个三十块的老干部水杯起哄,上上次是夏石那台祖传捷达,上上上次是夏石那双从荷花池淘来的大头皮鞋……

对于前台妹子的调戏,夏石每次都不会生气,甚至有时还会沾沾自喜。因为,只有被前台妹子调戏的时候,办公室的女神林沁雨才会把目光投向夏石。夏石已经暗恋林沁雨很久了,每每想到林沁雨,夏石就会愧疚,因为他觉得自己暗恋林沁雨属于思想肮脏之列。事实上,夏石已经是办公室里最纯洁的了,其他的男人,上至六十岁的看门大爷,下至刚到实习的小年轻,都已经换着花样"YY"过林沁雨很多次了。

尽管夏石对林沁雨念念不忘,但林沁雨却连夏石的名字都不知道,每次找夏石都是"那个谁"。但就是林沁雨这句"那个谁",让夏石心满意足。夏石膨胀了,开始大胆地奢望,以后林沁雨不再叫自己"那个谁",而是叫"做策划的",起码搞清楚自己是哪个部门的。

夏石觉得,自己等不下去了。于是准备豁出去,拼死一搏。但不知怎么回事,夏石还没出击,夏石想追求林沁雨的消息就不胫而走了。

第三辑 不要哭，这只是小因果

第二天，夏石一进办公室就遭到了同事们的花式嘲笑，夏石坐在座位上，憋红了脸，瞄了一眼林沁雨，发现林沁雨像是什么事都没发生过一般，正在认真工作。

夏石天真地以为，林沁雨的内心肯定波涛汹涌，只是在大庭广众下不好表现出来。

于是，中午下班，夏石大着胆子叫住林沁雨："林沁雨，一会儿我们一起吃饭吧。"

林沁雨紧盯着电脑屏幕，头也不抬地说道："好啊！"

夏石感觉自己的心都要跳出来了，好不容易等到林沁雨做完工作，夏石心花怒放地带着林沁雨去吃火锅粉，看着麻辣鲜香的火锅粉，夏石胃口大开，林沁雨却只是一直坐在他的对面玩手机。

夏石问林沁雨："你还没饿啊？"

林沁雨头也不抬："我从来不吃这么便宜、这么不卫生的食物。"

说完，林沁雨就拿着自己的手袋走了。夏石心疼两碗还没有开动的火锅粉，没有追上去。林沁雨走后，夏石对着两碗火锅粉发愁，自己只能吃一碗。正好，前台妹子走进了小饭馆。夏石心想，不如送个顺水人情。

夏石不知道前台妹子叫什么名字，便叫道："那个谁！"

话音未落，前台妹子就走了过来："怎么？看你愁眉苦脸的，被泼冷水啦？"

夏石强打起精神："来，我请你吃火锅粉。"

前台妹子将火锅粉扒到自己面前，说道："看在你请我吃火锅的分上，我就告诉你吧，人家林沁雨可是我们整个产业园园区的区花，你一碗火锅粉就想搞定她啊。"

夏石一听说道林沁雨，立刻来了精神："那怎么办？"

前台妹子站起来，拍了拍夏石的肩膀："大兄弟，我告诉你吧，女人呢，最需要的是浪漫，罗曼蒂克！追不到人家，那是因为你不够浪漫，不够罗曼蒂克。"

夏石有些不解："罗马迪克？"

前台妹子白了夏石一眼："不是罗马迪克，是罗曼蒂克！Romantic！"

"那怎么个罗曼蒂克法？"夏石追问道。

前台妹子神秘兮兮地说道："像你这样——"

夏石："像我这样？"

前台妹子接着说道："肯定是不行的，你做个反面教材还差不多。这样，本宝宝给你开个私人罗曼蒂克培训班，不要998，不要898，只要加个煎蛋就行。"

夏石信以为真，对着服务员道："来，加个煎蛋。"

前台妹子满意地点了点头："嗯，孺子可教也，看在你诚心十足的分上，我就给你制订一个完整的计划吧，保证你告别单身，但还是得先教会你罗曼蒂克才行。不过……"

夏石急了："不过什么……"

前台妹子说道："罗曼蒂克不实惠，你的钱包得做好准备。"

夏石坚决地点了点头："没问题！"

前台妹子说道："那好，明天我就给你出一个完整的计划，你可得认真学啊，别枉费了我一片苦心。"

第三辑 不要哭，这只是小因果

3

第二天一大早，夏石就被前台妹子的电话吵醒了："夏致远同志，罗曼蒂克养成计划现在开始，请你在五分钟之内完成洗漱，到达你家小区门口。"

对于突然被叫作夏致远，正窝在被子里夏石愣了一下，然后一看表才七点十分，便打了个哈欠："这也太早，等八点半吧，大不了今天不上班嘛！"

前台妹子在电话里咆哮起来："夏致远，你以为你是谁啊？跟你说了多少次了，罗曼蒂克不实惠，不上班，你哪来的钱罗曼蒂克？你就等着给林沁雨当伴郎吧！"

一说到林沁雨，夏石就来了精神，三两下穿好衣服，草草收拾后就赶到小区门口。前台妹子正在小区门口等夏石，见夏石出来，差点儿笑出声，因为夏石起床没怎么收拾，看起来比平时更方了。

前台妹子说出了自己的罗曼蒂克计划：颜值夏石是没希望了，只能退而求其次——主要看气质。先从衣着、言谈、行为举止等方面入手，培养夏石的罗曼蒂克气质。等夏石气质跟上了，浪漫起来轻车熟路的时候，再让夏石正式对林沁雨发起进攻。

虽然夏石对前台妹子的计划坚决服从，但是，前台妹子再三强调："夏石同志，罗曼蒂克，浪漫，浪是一种状态，漫是一个过程，可能会比较漫长，所以你的信用卡做好打持久战的准备。"

其实，过程漫长没关系，但是要花钱的话，夏石就比较肉疼了。毕竟作为一个策划，他做得最多的策划就是如何让自己可怜的薪水坚持到下月。但是，对一个被暗恋女神冲昏了头脑的男人来说，花再多的钱都是值得的，所以，被前台妹子的话一激，夏石内心对林沁雨的爱慕之心就更加强烈了。

前台妹子提议夏石先换一身干净的衣服，夏石答应着，马上就朝楼上冲，但被前台妹子拦住。前台妹子费了好大的劲儿，才给夏石解释清楚，不是让他换一身洗干净的旧衣服，而是换一身高档一点儿的衣服。

因为服装店还没开门，两人决定先讨论出去哪里买衣服，等到中午下班再去买。这一点两人发生了分歧，夏石根据自己信用卡的额度，决定去荷花池；但前台妹子不同意，荷花池买的衣服穿在他身上，肯定一眼就能看出来。前台妹子倾向于网购外贸尾单，这样既不算太贵，穿上也很有型；夏石反对网购，因为他已经等不及了，不想让衣服中途快递耽误自己几天。两人在此问题上争执不下，差点儿迟到，最终达成了一致——既不用花太多钱，而且款式也不错，关键是还能马上穿到的办法，那就是——去专业出租影视剧衣服的陕西街租。

上午上班的时候，夏石跟所有沉浸在暗恋中无法自拔的小年轻一样，在他的意识里，林沁雨已经是他的了。夏石的心思都覆盖在林沁雨身上，虽然只有薄薄的一层，但却密不透风。整整一个上午，夏石都觉得春风得意，在他眼里，林沁雨的一举一动，一颦一笑，仿佛都是在对他暗送秋波。

中午刚到下班时间，夏石就拖着前台妹子下楼，这一次，夏石一改勤俭节约的习惯，和前台妹子打了个优步去陕西街，两人找了一家玻璃橱窗中摆放着大量西装礼服的店家，老板十分热情，帮夏石张罗着试衣服。

"果然是专业的！"夏石换上店里的衣服，立马精神了不少，如果忽略掉发型的话，他跟荧幕上的小鲜肉已经相差无几。夏石连着试了十几套西装，有好几套都比较满意，比较难以选择。

夏石整了整领结，问在一边观赏婚纱的前台妹子："那个谁，你觉得哪一套最好看？"

前台妹子摇了摇头："我觉得都好看。"

老板走了过来，看了看夏石和前台妹子，说道："告诉你们有个简单的办法，如果一个人选不出来，那就两个人一起选。你穿西装，她穿婚纱，站在一起，最搭的那件，一定是所有衣服里最出彩的。"

话虽如此，但夏石和前台妹子两个单身男女，要他们穿上西装和婚纱站在一起试衣服的话，他们还是非常羞涩的。老板对这种场面看多了，于是将他们拉过来，随手取下衣服，让他们换上。

夏石和前台妹子分别换上西装和婚纱，开始试衣服，刚开始他们还扭扭捏捏，换了几套之后，两个人都放开了，最后还像照婚纱照的小两口一样摆出各种造型。前台妹子拿出手机，让老板帮忙拍了一大堆照片，最后，夏石挑了一套黑色西装，前台妹子帮她挑了一套细深蓝条纹的西装，两件一起租金一天三百，租一个星期。

除了穿衣打扮，前台妹子觉得，夏石之所以看起来很方，很大的"功劳"都得归功于夏石那一万年不变如同鸡窝的发型，如果肯加以捯饬的话，夏石肯定能够"改头换面"。从陕西街租好衣服，前台妹子又带夏石去春熙路收拾了发型。

果不其然，夏石换了个发型之后，看起来没有那么方了。前台妹子提议夏石干脆把衣服换了，反正衣服都租来了，穿不穿都开始算钱了，夏石一听，觉得有道理，便去理发店的厕所换上租来的西服，出来之后果然大变样,之前对刚进理发店的夏石爱理不理的发廊小弟,也非常热心地贴上去,缠着要夏石办卡了。

夏石以新形象回到公司后,办公室里的同事们炸了窝,但林沁雨却对夏石毫不感冒,没有正眼看夏石,甚至连斜眼看一下都没舍得。但这并不妨碍夏石在暗恋城堡中继续发挥想象力,他已经想象到,林沁雨带着自己一起去见父母,虽然他对林沁雨的家庭毫不了解,但他可以想象,那是两位富有的老人。然后,他又想到,两位富有的老人对他这位女婿非常不满,但是,看在林沁雨深爱自己的分上,两个老人最终妥协,真正接受了夏石,让他成了那个富有家庭的一分子……

夏石飘飘然很久,才意犹未尽地回到现实,虽然自己和女神林沁雨的关系没有任何实质性的进展,但夏石觉得,他和林沁雨之间的一切,都在向着美好的方向发展。想到这里,夏石觉得自己应该更勤奋一点儿,于是他打开电脑,找出拖沓了很久的策划项目,如同喝了牛磺酸加倍的越南版红牛一样亢奋地工作起来。

接下来的几天,前台妹子开始着手将夏石打造成一个绅士。首先,前台妹子帮夏石戒掉了火锅粉,然后带着夏石尝试各种日料、西餐等,吃西餐的时候,前台妹子让夏石叼着叉子,顺便把抽雪茄的姿势也学习了。吃过之后,夏石一直闹肚子,感觉身体被掏空,钱包也被掏空了。

为了罗曼蒂克,夏石被弄得狼狈不堪。夏石在路上碰见过一次林沁雨,可对方就像路人一样,视而不见。

夏石回去之后,前台妹子第一个跑过来打听战果,这一次,前台妹子再次出主意:"既然林沁雨把你当成陌生人,那就更好办了,制造一次浪漫的偶遇就好了!"

夏石："怎么偶遇！"

前台妹子贴在夏石耳边小声说了几句，夏石频频点头。说完，前台妹子一脸认真地说道："夏致远，你去吧！要加油！"

夏石点了点头。

前台妹子又说："以后你别再叫我那个谁了，你可以叫我前台的，当然，你也可以叫我名字，李静！"

当时林沁雨开着一辆红色的911，而夏石开的是那一辆祖传捷达。

夏石沉迷着下楼，按照公司所在园区的设计，林沁雨要绕半天才能出去。而这段时间，就足够夏石追上林沁雨，然后追尾制造偶遇，这就是前台妹子给夏石出的主意，虽然这个方法希望不大，但总比没有希望好。

夏石的祖传捷达开到园区门口的时候，终于看到了林沁雨红色911的影子。

夏石给足油，追了上去，奈何祖传捷达的动力不足，越追越远，几次差点儿跟丢。功夫不负有心人，终于，在等一个红绿灯的时候，夏石的祖传捷达追到了林沁雨的911。

机会就在眼前，成败在此一举。夏石定了定神，准备追尾，偏偏这时车抛锚了，不管夏石怎么折腾，祖传捷达都无法启动，红灯变绿，林沁雨的911扬长而去。夏石仰天长叹，罗曼蒂克果然不实惠，一瞬间，夏石恍然明白，林沁雨的车自己是追不上的，就算追上了又能怎么样呢?

这让夏石很受伤,再加上前台妹子因为帮他,累得憔悴不已。自己的事情却拉着别人义务帮忙,夏石有点于心不忍,说道:"那个谁,要不我们把衣服退回去吧。"

前台妹子不满意了:"怎么滴?这都还没谈恋爱呢,你就坚持不住啦?早就跟你说过了,罗曼蒂克不实惠,学人家玩浪漫撩女神,就得花钱!你要是没钱的话,说一声,我借给你!"

夏石有些不好意思:"不是钱的事,你看我们非亲非故的,你帮我这么多,我不好意思。"

前台妹子十分倔强:"我乐意!夏致远,我告诉你,你既然稀罕一个人,就得稀罕到底,你这次半途而废了,我这辈子都看不起你!"

"谢谢!"夏石坚定地点了点头,很受鼓舞。

前台妹子拍了拍夏石的肩膀:"夏致远,记住,天将降女神于屌丝也,必先苦其心志,饿其体肤,然后空乏其钱包……"

在前台妹子这一番话之后,夏石觉得,这一次,真正没有什么能够阻止他追求林沁雨了。因此,夏石除了在前台妹子的罗曼蒂克养成计划里更加投入,在工作上也一改吊儿郎当的作风,十分认真,生活方面也更积极向上,变成了一个暖男。

其实,在夏石的心里还有一种情绪,这种情绪会让一个人产生某种依赖。早在追求林沁雨之前,他曾追求过另外一个女人,只不过由于笨手笨脚,遭受了惨痛的失败,这个失败,让他心里打了死结,这个死结又因在酒精的挥发下,继而形成了一道迷墙,在这道迷墙上面有那个女人的影子。

有部电影叫作《影子爱人》,张柏芝演的,这个电影的可看之处在于一个浪漫的故事里注定有一句非常精彩的对白:他走路很快,我总是跟在他后面,我喜欢看着他的背,看他的影子,我觉得跟在他后面,就什么都不怕了。

"只是,我还能追得上她吗?"夏石感觉此刻脑袋有点"方",他想不出答案,却又被她的影子紧紧缠绕,在林沁雨的容貌中,就有这样的影子。人有时候真的很奇怪,你拼命地去追求的,不过是一个影子,而最可笑的是,你还想和影子罗曼蒂克。

当然,作为协助他罗曼蒂克的女人,前台妹子对这一切浑然不知,她的人生中的一部分精力都专注在"罗曼蒂克养成计划"了。一个专注的人,无法去在意其他的事,譬如,像夏石这样的男人,一个爱上影子爱人的男人,他的世界、自己的世界是否曾在慢慢靠近?

5

经过数日的"腹肌撕裂者"锻炼,夏石开始有了腹肌,肩膀也跟着宽阔了不少,上半身一宽,就显得腿长了。这样一来,夏石距离浪漫只有一步之遥,只欠缺厨艺了。

那段时间,前台妹子正好在看谢霆锋的《十二道锋味》,建议夏石动用手工烘焙,学做舒芙蕾,夏石负责做,而前台妹子负责品尝。舒芙蕾做起来很麻烦,跟节目中所说的那样,真的超难搞定,要么时间烘得太长,外表烘得像是枣泥蛋糕;要么水加太多,还没咬就散了……一次都没成功过。

但功夫不负有心人,在长达一个星期的失败之后,夏石终于成功了。完成罗曼蒂克养成计划的最后一步之后,夏石已经处于发射状态,摩拳擦掌,随时准备去撩林沁雨了。但夏石的内心却有点奇怪,甚至说跟做舒芙蕾的面糊一样混沌:之前自己没做任何准备的时候,就开始幻想林沁雨和自己结婚生子,白头偕老,儿孙满堂了;现在自己准备好了,反倒不再设想自己和林沁雨未来的样子了。

"也许是快成功了,就不需要幻想了吧!"夏石这样想着,突然瞟见旁边有一盒红色的万宝路,"Man always remember love because of romantic only."(男人因浪漫而刻骨铭心。)夏石突然问身边的前台妹子:"那个谁,男人浪漫,就真的可以刻骨铭心吗?"

前台妹子点了点头:"那当然,不然我给你搞什么罗曼蒂克计划啊。"

得到了肯定的回答,夏石渐渐从迷糊中走了出来,他决定,就在今天,他要向心仪已久的女神正式告白。此刻夏石犹如电视电影里自带"BGM"的男人,精神抖擞,眼睛里充满了光芒,双脚掷地有声地步步向前。

至于在什么地方正式告白,这一次夏石没有和前台妹子商量。他自个儿综合考虑了一下,办公室人多,只要表白成功,就可以在同事之间吹一辈子,但从林沁雨对办公室所有人不冷不热的态度来看,即便自己胜券在握,办公室表白也可能会让林沁雨不舒服,影响日后的感情,所以不可取;而如果去林沁雨家的话,表白效果肯定不错,一来可以让林沁雨的家人认可自己,如果林沁雨的家人不认可更好,自己也可以在他们家门口跪个三天三夜,那就非常浪漫了,可问题是,夏石目前还不知道林沁雨家住哪里……

夏石就这样胡思乱想着走在路上,突然被一个算命的白胡子老头拦住去路:"小伙子,看相不?不准不要钱。"

夏石没有空理白胡子老头,侧身避开老头就向前走,白胡子老头跟在他后面,不依不饶:"小伙子,看你面犯桃花,今天必定走桃花运,只是不知成功与否?除了桃花,还有升迁之象,可谓双喜临门。"

白胡子老头说到面犯桃花的时候,本来夏石对他还是有几分相信的,可说到升迁的时候,夏石就不信了。夏石觉得,白胡子老头是被自己这副罗曼蒂克的扮相骗了,自己在策划部干了八年,到现在为止仍然是个小职员,别说升迁,就连涨薪都不敢想。

就在这时,夏石突然接到了策划部同事小李的电话:"致远哥,恭喜你啊!"

夏石有点惊讶,今天太阳从西边出来了?平时大家都对自己左一个夏石,右一个夏石地呼来唤去,今天怎么突然叫自己致远哥。夏石对着电话说道:"我是夏致远,有什么事啊?"

小李在电话那头说道:"你来公司开会就知道了,以后还得靠你多多关照。"说完,小李就挂了电话。

"真的升迁了?"夏石觉得这白胡子老头还真有点本事,给了白胡子老头五块钱:"老大爷,你再帮我看看,我今天的桃花能成吗?"

白胡子老头比了个手势:"十块!"

夏石又给了五块,白胡子老头才慢悠悠地说道:"能成!不成,你来找我!"

听了白胡子老头的话,夏石一路信心满满地来到公司开会,他决定好了,到公司的第一件事就是找林沁雨正式告白。但他刚到公司,就被策划部的同事簇拥进了会议室开会。会上,公司总裁当众宣布，鉴于夏石最近工作表现优异，提拔夏石为策划部总监，同事们纷纷恭喜夏石，夏石却有点迷茫，因为，会议室林沁雨的座位上没人。

同事的小李轻声告诉夏石："致远哥，别看了，林沁雨已经离职了。"

夏石的脑袋"轰隆"一声，坐着开会的他如坐针毡。他刚开始还不相信，但经过多方面旁敲侧击地打听，他相信了，林沁雨确实离职了，一散会，夏石就悄悄拨打林沁雨留在办公室的联系电话，却是空号。

整整一个上午，夏石都魂不守舍。夏石尝试了微信、QQ、邮箱，任何方式都联系不上林沁雨，他心如死灰，麻木地躺在椅子上，前台妹子走过来，狠狠地拍了一下夏石的肩膀说道："夏致远，瞧你那点出息，你振作点好不好。"

夏石不为所动，目光呆滞，瘫软的身体顺着椅子滑到地上，前台妹子将他拖起来，他又滑下去，反复几次。两个人的举动引来了办公室其他人的异样目光，前台妹子费了好大的力气，终于将夏石死死地摁在椅子上。

突然，电话响了起来，瘫坐在椅子上的夏石突然来了精神，一看是陌生号码，很可能是林沁雨打来的，夏石赶忙接起电话，却被电话里传出的催还信用卡的声音拉回了现实——罗曼蒂克不实惠，现在林沁雨走了，自己也该为不实惠的罗曼蒂克买单了。

夏石在办公室里什么也没干，颓废了整整一天，直到下午林沁雨的身影出现在公司。原来林沁雨是来办离职证明的，她一来就进了副总办公室，夏石连搭话的机会都没有。

夏石决定豁出去了，他要正式表白！趁着林沁雨不在，夏石小心而紧张地酝酿着表白的措辞,但他的酝酿才刚刚开始,林沁雨就又离开了。

自始至终,夏石都没能搭上一句话。

6

夏石有些失望,觉得自己一无所有了。

他想,自己怎么可能追得上一个影子,更何况,这个影子根本就如悬挂在天上的月亮,而自己不过是那只笨猴子。

此刻,车子仿佛行驶在没有尽头的公路上,他放着自己害怕听的歌曲《黄昏》,他甚至觉得周传雄的声音突然变得那么的刺耳。

突然,车晃动了一下,有人追尾了,夏石回头一看,竟是那个前台妹子李静。夏石似乎明白了什么,那些在"罗曼蒂克养成计划"日子中形成的记忆碎片开始快速回闪,里面所有的内容在经过一道虚掩的门后,突然变成一把利剑,如影子般的林沁雨瞬间被击碎,消失得无踪影。

夏石闭上了双眼,在这些浪费了巨大精力的光阴里,一定还有自己忽略掉的东西,想到这里,他猛地一拍脑袋。

在等保险处理事故的时候,夏石决定去验证刚才明白的真理,他问李静:"晚上有空吗?我请你吃火锅粉?"

李静佯装生气:"火锅粉?我要罗曼蒂克的才行,不过,罗曼蒂克不实惠哦。火锅粉的话,起码得加蛋才行……"

"啊!那……"夏石一脸憔相。

"傻瓜！你还真是一块石头！"李静抚弄了一下秀发，"晚上八点，罗曼蒂克，罗曼蒂克的火锅啊！"

"哦，好……好，我等……等你哈！"夏石开窍了，他终于不再"我好方"了。

当很多人撑起与自己能力不符的罗曼蒂克，回头时已经一无所有，甚至负债累累了。《影子爱人》中说，我这辈子都在不停地奔跑……我以为我不在乎，因为没有什么是不能被代替的，直到遇见你，我不想跑了，你是不能被代替的，从来都不是谁的影子。

若干年后，夏石和李静坐在公园的长凳上，夏石很快就画下了李静的模样，然后，拉住李静的手说："当年的罗曼蒂克不实惠。感谢你，是你让我拥有了一双发现罗曼蒂克的眼睛。"

李静，微微一笑，温柔地将头靠向他的肩膀。

现在，夏石和李静的孩子都上初中了。

四、女人不要在办公室里哭

她忽然伤心地觉得,自己那天根本就不该在办公室哭,不然根本不会如此不幸。

1

丽槿第一次在办公室哭,是在二十岁的夏天,那个时候的丽槿还是个大姑娘,在读大四,离毕业还有一个多月。暑假的时候,她找了一家公司实习,因为实习完成,就能和公司签订一纸三方协议,学校那边也说了,只有拿到三方协议的学生,才能顺利毕业。所以,在实习的时候,丽槿一直兢兢业业,手里的工作比公司的正式工做得还好。

实习时间为一个月,实习结束那天,丽槿打印好三方协议,兴冲冲地拿去办公室盖章，但当丽槿到达办公室的时候，才发现办公室的大门敞开着，同事们都不在，一群陌生人正在往外面搬值钱的东西，丽槿赶忙打电话给老板，却发现老板的号码已经是空号了。

挂掉电话，看着眼前的种种，丽槿什么都明白了——老板欠债跑路了。

老板跑路，丽槿的三方协议自然没有着落了，更糟糕的是，有几个来办公室要债的人因为来得太晚，办公室里已无值钱的东西可搬，便恼羞成怒，不分青红皂白地将丽槿扣住，要求丽槿还钱，不然就将丽槿送到派出所。

还有一个叫李儒的男同事和丽槿的处境相同，也是被扣在公司的办公室里。不过李儒倒是一脸轻松，面不改色，如同往常一样，一边优哉游哉地吹着口哨，一边用电热水壶烧了农夫山泉泡茶。

说来也怪，愤怒的要债人看到李儒这样的举动，居然没有去为难他，转而去为难丽槿去了。他们将丽槿堵在座位上，像看守重刑犯一样看住，连上厕所都有几个剽悍的更年期大妈陪同。

丽槿哪里见过这样的阵仗，自己只是个实习生，怎么能让自己帮公司还债，丽槿的心里既委屈又害怕，不知所措之下，丽槿突然趴在办公桌上哭了起来。阳光透过丽槿面前的窗户投射进来，经过眼泪的折射，在丽槿饱含泪水的眼里泛着七彩的光。

"擦擦吧！"一只手递了一张纸巾过来。

丽槿抬头一看，正是李儒。这其实是世间再寻常不过的温暖，但在此时此刻丽槿的眼中，竟比窗外那盛夏的阳光还要热烈。李儒站在丽槿跟前，阳光从他的背后照射过来，使得他原本瘦削的轮廓更加瘦削，让丽槿看得有些陶醉。

丽槿的思想也有些恍惚，但在心里也暗自庆幸，虽然不是故意，但好在自己刚才哭了，才会出现这样暖心的场景，但好景不长，事情接下来的发展让丽槿陷入了更大的无助当中。

要债人在办公室里堵了一整天，最后将丽槿和李儒送到了派出所，因为刚进入公司时，丽槿没禁住老板的忽悠，做了公司的法人，所以公司的债务必须由丽槿来偿还，如果不还，丽槿将被加入信用黑名单，影响个人信用。

对于丽槿，对于一个尚未真正意义走入社会的人来说，这个消息无异于一个晴天霹雳，经过税务和工商清点，公司欠了四十多万，这对工人家庭出身的丽槿来说是个天文数字，但是不还的话，此事就会通知给学校和爸妈，自己毕不了业不说，家里怎么办？自己从小到大都是家里的骄傲，是邻居眼中"别人家的孩子"，现在发生这种事情，爸妈的老脸往哪里放，左邻右舍会在背后怎样指指点点？

经过调解，要债人决定给丽槿一个月的时间还钱，如果还不上，就上法院起诉丽槿。

丽槿已经记不清自己是怎样走出派出所的，她将那份打印好的三方协议撕得粉碎，然后将它散落在夜风中，整个人脆弱得像微风中奄奄一息的火苗，随时都有熄灭的可能，李儒悄悄地跟在丽槿的身后，一直到丽槿回到宿舍，他才放心离开。

丽槿回到学校，在床上浑浑噩噩地躺了一晚上，脑海里一片黑暗，全是公司欠了四十多万的影子，当然，也有亮光，就是李儒那张背对着阳光的脸，在黑暗中不断地闪烁着。可这有什么用呢？还是得自己还钱，怪就怪当初不该那么单纯，莫名其妙地签字成了公司的法人，想到这里，黑暗中的亮光最后闪烁了一下，然后就消失不见了。

丽槿很想一走了之，可自己走了，那些不分青红皂白的要债人一定会找到自己家里，让爸妈帮忙还钱。

第二天一大早，宿舍还没开电闸，丽槿就爬起来，开始思考迅速挣钱的方法。但是，对于一个尚未毕业的大学生来说，能做的工作不外乎兼职、家教什么的，这些只能赚点零花钱，最多再补贴一下自己的生活，就已经很了不起了。但这样的工作对于现在的丽槿来说无异于杯水车薪，当然，也有来钱快的方式，但丽槿绝不许自己往那方面想。

借着笔记本的电池，丽槿飞快地浏览着网页，照片贷款、信用卡套现等词条飞快地划过屏幕，突然，页面上的一个弹窗引起了丽槿的注意，弹窗的标题是"女人在办公室里哭影响风水"，丽槿吓了一跳，犹豫片刻之后，决定点进去一看究竟，就在此时，笔记本的电池耗尽，待机了。

电话响起，是陌生号码，丽槿一接，是要债人打来的，催促丽槿快点还钱，丽槿说了一堆好话才将要债人打发了，不一会儿，又有其他要债人的电话打进来，甚至还有债务公司的，这类人说话要凶一点儿，要挟丽槿，如果她不还钱，就会像当初黑社会对待刘嘉玲一样对待丽槿。黑社会当初怎样对待刘嘉玲的，丽槿不知道，但从对方的语气判断，应该不是什么好事。

丽槿有点不解，不是说好期限一个月吗？这才第二天就来催了，但下一秒钟丽槿就明白了，对自己来说，一个月和一天，甚至一个小时都没区别，到时候还不是一样穷。

丽槿决定关机，关机之前，丽槿给家里打了个电话，告诉家里，马上毕业了，自己要好好学习冲刺几天，让家里不要打电话过来，挂了电话，丽槿就哭了。一哭，丽槿就想起早上在笔记本上看到的那个弹窗"女人在办公室哭影响风水",她忽然伤心地觉得,自己那天根本就不该在办公室哭,不然根本不会如此不幸。

2

事实上,对于该不该在办公室哭这一点,在丽槿身上多少有点"塞翁失马焉知非福"的味道,存在太多的未知和不确定。不过,有一点是可以确定的,那就是丽槿确确实实是在办公室哭了,这是无法改变的事实,而后就算发生可以改变的东西,丽槿也依然无力改变,这一点也是可以确定的,但丽槿心里被那四十多万的事情缠成了乱麻,根本意识不到这些。

接下来的时间,丽槿一边省吃俭用,极力压榨自己原本就很少的生活费,一边在外面找了几份兼职,希望可以积少成多。但五天之后,丽槿就因营养不良晕倒在了寝室,等从校医务室醒过来的时候,她才发现,抛去那些恶意不付钱的兼职不说,自己省的和挣的,完全是四十多万的九牛一毛。

从校医务室出来,丽槿在学校梧桐树上看到了一个"狗皮膏"广告,内容是,皇家KTV招聘公关,月入5万~8万,丽槿自然知道这个公关是怎么公关的,但现在的她确实太需要钱了,她决定豁出去了。为了不引起周围其他校友的异样眼光,丽槿采取假装来回走动,然后每次瞟一眼的方法记下电话号码。

丽槿回到寝室,室友们都出去找工作了,丽槿趁机反锁寝室门,钻进厕所,将门关上,拨通了那个招聘公关的电话号码。事情比丽槿预想的简单,不出三句话,对方就爽快地约丽槿去面试了,而且明确表示不收取任何费用。

面试是在 KTV 的经理室里，对方是一个三十多岁的精致女人，精致女人探了探丽槿的底子之后，大方地表示，因为丽槿缺少社会经验，没干过这些行当，一定很招客户们喜欢，价格可以比其他姐妹们高两成，当然，前提是丽槿在工作时得开放肯干。

如果可以再提高两成的话，一个月下来就是小十万，那四十多万也就是几个月的事情，而且以后还可以继续做，比自己毕业找个三千块的中规中矩的工作好多了，想到这里，丽槿当场答应了下来。

但精致女人却摇了摇头，吐出一口烟说道："你先别急着答应，你先回去考虑一下吧，如果愿意，今天晚上就来上班，来之前好好打扮一下，化妆品的小票给我，我给你报销。"

"好！那我先回去了！"丽槿起身离开。

精致女人又在丽槿背后说道："看得出来，你是急缺用钱，你要想清楚了，你现在只是在黑暗中行走，但如果加入了我们，你就不是在黑暗中行走了。"

精致女人顿了顿，加重了语气："你就是黑暗了。"

走出 KTV，丽槿平复了一下心情，她觉得给自己面试的女人特别亲切，给自己一种姐姐的感觉，至于精致女人后面那一堆古怪的话，丽槿倒是不懂。

丽槿去一家打折日用品店买了化妆品，回到寝室打扮起来，这时，电话响了起来，不用想都知道是要债人打来的，换做以前，丽槿一定会一把挂掉，但现在丽槿有底气了，就算一个月凑不够四十万，但有了现在这份工作，再信用卡套套现，找找小借贷公司，一个月把钱还上没问题。

丽槿底气十足地接起电话,电话那头却传来李儒的略微颤抖的声音:"丽槿,你这几天去哪里了?"

丽槿已然觉得,自己是高收入人群了,不用在计较这些毫无作用的慰问性质的好意,便说道:"我哪去了,跟你有关系吗?"

电话那头传来李儒几乎小得听不见的声音:"没……没关系。"

丽槿不耐烦地说道:"我还有事,没什么事情的话,我先挂了。"

电话那头李儒的声音再次传来:"丽槿,那四十多万,我已经帮你还了,你千万不要做什么傻事。"说完,李儒那头就挂断了电话。

挂掉电话,丽槿愣住了,难怪今天手机打开都没有接到任何催债的电话,原来是李儒帮忙把钱还掉了,不过,为了保险起见,丽槿先找了个要债人的电话,打电话过去确认,李儒确实帮她把钱还掉了。

此时,丽槿的心情变得无比复杂,就在几分钟之前,她对李儒说的话完全可以用恶言相向来形容,可钱还是李儒帮他还的啊。还有就是,她虽然已经不用急着还钱了,也不需要再去KTV做公关的工作了,但是,那份工作每个月可有小十万啊,干个几年上岸,自己就百万身家了。

如果换作以前的话,丽槿一定会毫不犹豫地推掉KTV公关的工作,然后毕业,勤勤恳恳,一点点儿地把钱全部还给李儒,但是现在,在被巨额债务穷追猛打一个星期之后,丽槿的内心已经开始扭曲。她想去KTV工作挣大钱不说,就连还钱给李儒这件事她都忽略了,或许人都是这样,如果是陌生人对她好一丁点儿,她怎么都得感恩戴德大半天,但换作是朋友,她却当作理所当然了。

到底去不去KTV,丽槿还没想好,丽槿决定先等等,过几天再做决定。

作为感谢,丽槿请李儒吃饭,地点由李儒定。来吃饭的时候,李儒带着一大束火红的玫瑰,送给丽槿,丽槿一开始内心是拒绝的,因为从实习那段时间来看,李儒完全是一个吊儿郎当的人,每天上班准时迟到半个小时,上班时候不是打游戏就是喝茶,简直就是在养生。但是,李儒毕竟帮了自己一个大忙,当面不接受也说不过去,只能先收下来,然后找个机会把花送回去。

不过,接下来发生的事情,让丽槿的内心不由自主地就接受了李儒,买单的时候,丽槿将李儒摁在座位上,然后抢着去买单。到了服务台,丽槿一看菜单价格,吓出一身冷汗,简单的几个日料,竟然需要几千大洋,简直就是抢劫。丽槿站在服务台前,握着自己干瘪的钱包,有些不知所措,但是服务员笑盈盈地告诉她,李儒是餐厅的少东家,所以是免费的,只要签字就行了。

李儒走过来,潇洒地在结算单上签字,然后带着丽槿离开了。从餐厅出来,李儒带丽槿去了一家旋转咖啡厅,在咖啡厅里,李儒告诉丽槿,之所以带她来这家,因为整个市中心,稍微上档次点的地方都是他家的。这让丽槿受宠若惊,庆幸自己刚才没有拒绝李儒的玫瑰花。

后来事情的发展变得顺理成章,李儒和丽槿顺理成章地走到了一起,那家旋转咖啡厅,也被李儒买下来作为纪念,而李儒的身份,就是市首富的独子,拥有家财万贯。

毕业前夕,丽槿和李儒见了双方的父母,丽槿的父母对李儒很满意,而李儒的父母更想找个门当户对的大家闺秀,不过在李儒的坚持下,也同意了两人在一起。毕业当天,李儒就开着限量版的大牛,在全校女生的尖叫声中向丽槿求婚。

丽槿和李儒的结局羡煞旁人，不少女生纷纷追问丽槿的追爱技巧，丽槿的回答只有几个字：在办公室里哭。

和李儒在一起之后，丽槿多次追问，李儒是什么时候爱上自己的？李儒每次都回答，从你在办公室哭的那一刻开始。丽槿十分庆幸，好在自己当初在办公室哭了，要不然李儒就不会爱上自己，更不会替自己还债，而自己可能还在KTV里公关。所以，丽槿将自己得到的一切归功于那次在办公室里哭，她坚信，女人只要在办公室里哭，就能给自己带来好运。

丽槿这样的想法随着婚后的生活持续，持续，一直持续了很多年。

3

丽槿和李儒结婚之后，幸福无比。

结婚之后，李儒并没有表现出其他富家子弟好吃懒做的通病，反而做事认真、勤快，跟之前在丽槿心中吊儿郎当的形象判若两人，同时，婚后李儒对丽槿也是百依百顺、百般呵护，不像其他有钱人那样，家里红旗不倒，外面彩旗飘飘。

丽槿和李儒开了一家公司，丽槿做总经理，因为李儒家里的关系，公司的业务也蒸蒸日上。这样的日子持续了好几年，直到女助理带来一个晴天霹雳的消息。

女助理是丽槿的同届校友，大学时成绩优异，是另外一个专业的班长，之所以找她来做助理，是因为丽槿大学时成绩平平，找她做助理有一种说不出的成就感。另外，因为是同届校友，丽槿也十分放心，和她成了无话不说的女闺蜜。

女助理告诉丽槿，李儒出轨了。

面对这样一个晴天霹雳的消息，丽槿强迫自己不去相信，她不停地告诫自己，李儒是个好男人，不可能出轨。但越是这样，她的内心越不相信自己，因为最近李儒身上确实发生了很多变化，以前李儒忙到再晚都要回家，现在常常以忙为借口不回家了，就算回家，也是倒头就睡，对丽槿爱理不理，说是累了。

回到家里，趁李儒睡着，丽槿偷偷地翻看了李儒的手机，看到他和一个陌生号码的暧昧短信之后，丽槿崩溃了，抱着膝盖在床上坐了一整晚。

第二天一大早，李儒一醒，一夜没睡的丽槿就上去追问暧昧短信的事情，李儒十分淡定，承认自己出轨了。

同所有男人出轨的女人一样，丽槿天真地追问李儒，是不是自己哪里做得不好，但李儒学着王家卫的电影告诉她，她已经做得很好了，自己出轨了就是出轨了，这是事实，无法改变，明天自己还会出轨。

丽槿觉得，李儒说的都是借口，自己一定有什么地方做得不够好。接下来的一段时间，丽槿改变了许多，去发廊换了个时尚的发型，去美容院做了美容，对李儒说话像个小女孩子一样嗲声嗲气……但并没有取得什么效果，李儒从几天前的三天一回家，变成七天一回家了。

丽槿将李儒出轨的事情告诉公公婆婆，希望公公婆婆管管李儒，却没想到公公婆婆不以为然，还说大丈夫三妻四妾正常，让丽槿多多包容。

走投无路之下，为了挽回李儒，丽槿决定，用能带给自己幸运的方法——在办公室里哭。

那天,李儒已经一个月没回家了,但是因为一个公司的一个项目需要李儒签字,所以李儒就到公司的办公室来了。丽槿酝酿了很久,准备等李儒进办公室的时候,自己趴在桌子上哭,因为,李儒告诉过她,他第一次对她动心,就是在她趴在办公桌上哭的时候。

上午十点,李儒准时到达办公室,身上裹挟着女人的香水味。而此时的丽槿,已经趴在桌子上"哭"了好一会儿了,她本来是想借此挽回李儒,没想到李儒不仅不为所动,连项目签字都没签,直接转身就走了。两分钟之后,丽槿收到李儒发过来的短信,加标点共四个字——"离婚吧!"丽槿趴在办公桌上哭了起来,这次是真的哭了。

这是丽槿第三次在办公室哭,这一次,丽槿开始怀疑,自己在办公室哭,是不是真的能带给自己好运。

第一次在办公室哭,给自己带来了好运,自己和李儒结婚;现在在办公室哭,带来了不幸,自己和李儒离婚。一次好运,一次不幸,到底在办公室哭是好运居多,还是不幸居多,好像还得看第二次在办公室哭的影响。

但是,目前丽槿还不知道第二次在办公室哭的影响。

4

离婚之后,丽槿离开了那家李儒开的公司,然后四处游玩,花了很长时间来平复自己的心情。自始至终,丽槿连那个小三是谁都不知道，不过，她觉得往事不可追，也不愿意再回首这件伤心事，一切就当是过往云烟吧。

但是，当她看到小三的时候，她吃了一惊，小三竟是自己的身边人。

那天，丽槿刚旅游回来，开车从以前李儒开的那家公司楼下路过，正好看到李儒那台限量大牛。丽槿立马将头扭向一边，假装没看见，但大牛的车窗却缓缓摇下了，露出一张女人的脸，让丽槿没想到的是，竟然是她原来的女助理。

女助理理了理头发，朝丽槿做了一个妖娆略带挑衅的表情，然后加大油门离开了，留下丽槿一个人愣在当场，红灯变绿灯了都不知道，后面的车摁了半天喇叭她才回过神来。

如果小三是其他人，丽槿可以毫不在意，但现在小三却是自己的女助理兼同届校友，是那个自己无话不说的闺蜜！

丽槿有些想不明白，于是花了大价钱，找了个私人事务所调查自己婚变的原委。

几天之后，私人事务所的调查结果就出来了，丽槿的婚变，居然源于她第二次在办公室哭。

那天，丽槿和女助理一起参加同届校友聚会，聚会上，丽槿喝得酩酊大醉，女助理将她扶回了办公室，丽槿掏心窝子胡乱地对女助理说了很多话。说到自己实习时被骗，然后被架上公司法人的位置时，丽槿趴在办公桌上哭了，也告诉了女助理当年的真相。

丽槿实习那年，公司的老板对丽槿一直很照顾，常常偷偷给丽槿送些小礼物，司马昭之心昭然若揭。因为老板长得好看，说话又好听，没多久丽槿就陷入了老板爱情的旋涡，丽槿觉得自己是最幸福的女人，恨不得让全世界都知道自己的幸福，不过老板以丽槿还

第三辑 不要哭,这只是小因果

未毕业为由,说服丽槿不公开自己的恋情,在这段地下恋情中,丽槿还去医院拿掉了一次宝宝。

一开始,丽槿想把宝宝生下来,但是老板不肯,为说服丽槿拿掉宝宝,老板将公司的法人转给了丽槿,还信誓旦旦地保证,等丽槿一毕业,丽槿就是公司的老板娘,整个公司都是她的。可惜后来老板跑了,留给丽槿这个公司法人的是一大摊债务。

整个过程,丽槿都处于一种醉酒的状态,但女助理却清醒得很,她将丽槿的话一字一句地录下来,然后原封不动地发给李儒。也正是从那时起,李儒开始疏远丽槿,逐渐独自在外面加班到深夜,很少回家。此时,女助理看准时机,乘虚而入,和李儒成功搭上了,再到后来女助理向丽槿报告,说李儒出轨了,一切都是女助理事先计划好的,目的就是挤掉丽槿,好自己上位。

得知整个婚变的真相后,丽槿对女助理一点儿都恨不起来了,甚至觉得,女助理其实和李儒更配,至少女助理在读书时是数一数二的学霸,而自己,只是一个被人玩弄了感情还搞得债务缠身的女孩,根本配不上李儒。这一次,丽槿的内心终于相信,女人不该在办公室哭,当然,不是那种破坏风水的迷信说法,而是女人在办公室哭的时候,伤口敞得最开。因为这世道,能为你包扎伤口的人少,在你伤口上撒盐的人更多。

第一次在办公室哭得到了李儒的喜欢,第二次导致女助理在她和李儒之间乘虚而入,第三次导致了和李儒离婚,那么,第四次呢?

丽槿第四次在办公室哭的时候,是在李儒开的公司里,等所有人都离开公司之后,丽槿成功地用自己的指纹进入了公司,办公室里的一切还是那么的熟悉,这一切,本来应该都是她的。

当看到办公桌上摆着的李儒和女助理的婚纱照时，丽槿终于绝望了，用手机给李儒发送了诀别的信息，然后掏出结束生命的药服下，趴在办公桌上再次地哭起来。

这是丽槿第四次在办公室哭，这一次，丽槿再次以悲剧收尾。

李儒看到丽槿的信息后，立刻报了警，然后赶了过来。可是，在赶来的路上，李儒被渣土车撞到了，当场毙命，而服药轻生的丽槿却因被发现得早，抢救了过来。

如果说，以前丽槿只是形式主义地明白并相信"女人不要在办公室里哭"的话，现在，当她在病床上苏醒，和李儒阴阳两隔之后，她渐渐明白那句话的真谛了——女人不要在办公室里哭。

不哭！

不哭！

不要哭……

五、没有在一起的姐姐

我叫麦果姐姐,麦果叫我弟弟。

1

"我是不可能打工的,这辈子也不可能打工的,做生意又不会做,只有偷才能维持生活这样子……进看守所的感觉像回家一样,一般大年三十晚上我都不回去,平时家里出点事,我就回去看看这样子,在看守所里面的感觉,比家里面感觉好多了,在家里面一个人很无聊,都没有朋友玩,进了里面个个都是人才,说话又好听,超喜欢在里面。"

我把这个耐人寻味的视频看了一遍又一遍,看着视频里这个瘦削的小偷,内心百味杂陈。差一点儿,我就成了这位"老哥"

的样子,在当年人生道路迷失之际,好在遇见了麦果,几经挣扎,终于在人生最黑暗的时候找到了出路。

然而,当我找到路的时候,却再也找不到麦果了。

2

第一次遇见麦果,我十二岁,麦果大我半岁。

那一次,我从乡下去城里过寒假。因为爸妈忙于生计,天不见亮就要起床去工地,晚上要十点左右才能回家。我当时还不会做饭,照顾不了自己,加上我从小孤僻内向,没见过什么世面,出门容易走丢,所以爸妈就厚着脸皮将我送到开杂货铺和澡堂子的堂叔家里,寄养一个礼拜。

当时,堂叔家的生意是很红火的,根本就没有时间管我。但因为杂货铺和澡堂子都开在厂区,铁门上了锁,而且门口有保安把守,所以大可不必担心我会走丢。我每天的生活其实也非常简单,就是从厂区的这头,闹腾到那头,居然一点儿也不无聊。

就在我如同猴子般乱窜的时候,我发现了麦果,她留着利落的短发,正在水龙头边一言不发地洗衣服,精致的五官长在一张恬静的脸上……整体给人一种很安静的感觉。

我从未见过如此安静美丽的女孩子,内心产生了想认识她的冲动,不过冲动来冲动去,还是没冲出来,直到最后没了动静。我只是站在麦果的旁边,静静地看着,当她朝我这边看过来时,我立马将头扭向一边,假装在看风景,可哪有什么风景啊,整个厂区的路上非常干净,连个面包车、三轮什么的都没有。

我就这样一直看着,直到堂婶叫我回去吃饭。

吃饭的时候,堂婶让我多吃点,还说,你看看人家对门的麦果,也十二岁,你是六月间的,人家是正月的,就比你大半岁,你连人家肩膀那么高都没有。我觉得堂婶是在骗我,为了我多吃饭撒谎,那个女孩子叫麦果我信,我不到她肩膀高我也承认,但我就不信她只比我大半岁,所以,那一顿我故意跟堂婶作对,只扒了几口饭就跑了。

吃过饭之后,蜀犬吠日的四川终于多云转晴,成都平原难得徜徉在了阳光之下,麦果搬了椅子到路边做作业,为了确认麦果的年纪,我故意在她身边来回走了很多次,终于在她的寒假作业上瞟到"五年级"三个大字,比我还低一个年级,我终于相信了,她确实应该只比我大半岁,虽然我还不到她肩膀高。

这让我弱小的内心产生了大片的阴影,在接下来的几天,我连去公共厕所都绕远路(家里没有厕所),故意不从麦果家门口经过。但是,绕路的时候,我必须从一条拴着的巨大皱皮狗的面前走过(那时候还没有英国斗牛犬的叫法),每次我路过的时候,睡觉的皱皮狗总会醒过来以一副DOGE的表情瞪着我,一副想偷袭我的样子。这让我每次上厕所都胆战心惊,好在当时我还小,不懂长成男人的烦恼,不然被它吓几次,前列腺肯定要出问题。

也许是潜意识里面就喜欢麦果,也许是被狗所吓,总之,没过两天我就觉得,麦果其实挺好的,以后还是别绕路了,就从她门口过吧,同时,我也开始琢磨,该怎么和麦果认识。我为此制订了很多个计划,比如折个纸飞机,然后在飞机上写字扔过去,但是,折纸飞机我会,写字我也会,扔飞机我也会,但是把写了字的纸飞机扔到对门麦果的家里,我就完全不会了。

我觉得遇到了一个没有答案的难题：怎么认识麦果？幸运的是，在我酝酿出答案之前，麦果已经抢答了。那天，我正在堂叔杂货铺里，拿着电视遥控器，纠结着要看动画片还是青春片，突然就听到有人跟堂姊说话："阿姨，你家侄子在不在，听你说他学习不错，我想找他请教几道题。"

我一听就知道是麦果，但内心依然不敢相信，于是假装出去转天线，一看，果然是麦果。我立马血压上升，已经记不得是怎么和麦果坐到一起去的了，只记得当时的自己跟着了魔一样，麦果寒假作业上那些五年级的题，我一个六年级的学霸突然全不会做了，最后还是麦果自己一个人做的。

我叫麦果姐姐，麦果叫我弟弟。

麦果做完作业就回家了，我对刚才自己糟糕的表现懊悔不已，生怕麦果再也不来找自己了。但是，第二天，麦果又带着作业来了，这一次，我展现了一个学霸的风范，以迅雷不及掩耳之势帮麦果搞定了几页寒假作业。

离开的时候，麦果告诉我，她明天不用做功课，让我跟她出去玩。从懂事时起，我明白的第一件事就是自己是个路痴，每次去一个地方，总能以各种出人意料的方法避开正确方向（那时候没有电子地图），所以，我每次和别人出去，总得确保别人不是路痴，但麦果是例外，我对她有一种发自内心的温暖信任，于是我答应了下来，约定好第二天一同去动物园。

事实证明，幸运和不幸真的是只有一字之差的异性兄弟。

第二天一大早麦果就来找我了，我听见她喊我名字，光着脚丫子就从床上爬起来，一开门就吓了一大跳。门外不见麦果，倒是那头我十分害怕的皱皮狗朝我扑了过来，我如同被水淹没般不知所措,胡乱挣扎着,我想,自己可能要完蛋了,于是快速地回顾起了自己的十二年人生,闭着眼准备受死,但感受到的确是一条黏糊糊的舌头。

我缓慢地睁开了眼睛,皱皮狗也知趣地退了回去,乖乖地坐在了我的面前,这时麦果也从门外走了进来,一脸得逞的俏皮样子。原来,那条皱皮狗是麦果奶奶家的,平时是奶奶在养着,麦果偶尔也会带着它去散步。

那天,皱皮狗拖着麦果,麦果拖着我,在附近的公园逛了一大圈,逛完之后,我们去了铁路桥边的菜市场,我买了一条头上有黑斑的粉色金鱼,准备送给麦果。我将金鱼提在手里,一心琢磨着要怎么开口,以至于装金鱼的塑料袋漏了我都没有发现。最终,塑料袋里的水漏光了,在金鱼死之前,我和麦果将金鱼放进了铁路桥下面的河里。

第二天,爸妈就来了堂叔家,将我接了回去,然后,我们一家三口坐上了回乡的长途汽车,回老家过年。

在回家的车上,我有些失落,因为过完年,我就要留在乡下继续上学,想再见到麦果,就只能等明年暑假了。但是,我真的还能见到麦果吗?我想起了我读书的村小学里,那个普通话十分"飘准"的老师的口头禅:"这是一道送分题⋯⋯"

我想,我们不可能再见了;我想,我们还是不再见的好;我想⋯⋯我在车上胡思乱想,是因为我想麦果了。

3

开学的时候,我们的村小学班里转来了一个城里的女孩子,此人十分讲究,一有时间就在脸上、手上涂宝宝霜,不论男生、女生,都对她敬仰万分,成天围绕着她转。但我没有,我承认她很好看,长得很高,我还不到她的肩膀,穿着服装店里买的漂亮衣服(而我们的衣服大多是街上裁缝胡乱做的),但是,我还是觉得她和麦果差太多了。

她对此似乎也很不满,经常故意在我面前炫耀她那些从城里带回乡下的东西。炫耀次数最多的当属她那条巴掌大的狮子狗,但是,当她再次炫耀狮子狗的时候,我反击了,跟每次她炫耀的时候,我就说起麦果一样,我告诉她,我在城里有个叫麦果的姐姐,比她还要"港",有一条猫和老鼠里面的那种皱皮狗!

那段时间,我在看一些言情小说,懂了很多东西,也开始发现,麦果在我心里完全是有迹可循的,看到身边的任何事物,我总能发挥想象,全力以赴地想起麦果,哪怕是乡下打雷了,我也会想,麦果那里下雨没有,万一淋着了怎么办。但是,"怎么办"三个字后面是句号不是问号,我并不想知道麦果怎么样了,我只是时刻提醒自己记住她,仅此而已。

但是,就像水面上的波澜一样,一切都会随着时间的流逝慢慢地平息和淡忘,直到再次被投入一个石块,再次激起波澜。一个周末,爸妈打电话到村上的广播室,告诉我,这几天没活干,他们要去另外一个城市,暑假让我去那个城市,也就是说,我暑假的时候,也见不到麦果了。

我郁郁寡欢，我极其地想见麦果，强烈地想见她，前所未有地想见。我记得村口有两个并在一起长的苦楝树，苦楝果是可以卖钱的，我想捡苦楝果凑钱，然后坐车去见麦果，于是我花了很长的时间捡苦楝果。但是等捡苦楝果卖够了钱后，我却动摇了，我不知道自己该不该去见麦果，或者说，我不敢去见她，我只是个乡下的野孩子，而她……我陷在见与不见的思想里无法自拔，也难以抉择。

期末很快来临，我的小学也即将毕业。在当时的乡下，小学毕业是第一道分水岭，以村小学的教学水平，学校里的学生，镇上好的中学基本不会要，而无数挂着各种包分配就业牌子的职高却已经摩拳擦掌。但是，大家都不关心这个问题，每个人都露出兴奋的神情，对毕业翘首以盼，而有些留过三五次级的老油条已经开始早恋，敢明目张胆地和异性同学约会了。

这让我理所当然地想到了麦果，我要去找她，但必须有一个正当的理由，不然就和班上那些早恋的老油条没什么区别。于是我左思右想，后来终于想到，如果考试努力，考上镇上的初中，到时候堂叔一定会打电话给我，然后跟我说"放假来耍"的客套话，然后我就不客套地答应下来，然后就可以去城里见麦果了。

我一改往日的懒散，开始认真读起书来，天刚蒙蒙亮就去学校早读，晚上做从县城买回来的教辅资料，当然，成绩也一日千里。但是，毕业考试的前一个星期，我收到一封没有署名的来信，当我兴冲冲地拆开，看到开头的"弟弟"两个字时，我就猜到是麦果写的了。

麦果在信里告诉我，她要搬家了，搬到另外一个城市，希望我好好努力，争取上个好初中，然后上个好大学。

看完信，我久久不能平静，如同一个泄了气的气球一般，瞬间失去了继续努力读书的动力，觉得既然都见不到麦果了，我还考好去城里干嘛？于是不再认真学习了，毕业考试也是草草应付，最后考得一团糟，因为考得太糟，堂叔打电话叫我去城里，要对我"说服教育"。

4

我还是去了城里，去了堂叔的杂货铺。

让我意外的是，麦果并没有搬走，她依然住在堂叔的对门，只是她家发生了很多事。麦果的爸妈离婚了，因为麦果是个女孩子，麦果爸在外面和其他女人生了个儿子，于是就离婚了，留下麦果和她妈相依为命。

我总觉得心里有很多话想跟麦果说，却不知道该从何说起，甚至我到城里已经三天了，都没去找过她，也没跟她说过话。

一天傍晚，还是麦果主动来找我了，我们一起去了厂子大门口的烧烤摊，麦果说了很多话，也喝了很多啤酒，最后竟一醉不起，回去的时候都是我扶着她。我将麦果送回家之后，麦果迷迷糊糊地告诉我，她知道我喜欢她，她让我好好读书，然后等我；她还说，她懂事起就知道她爸喜欢儿子，所以一直留短发；她还问我，你喜欢儿子还是女儿？

我惊慌失措，涨红了脸，小声说："都喜欢。"

麦果气呼呼地说："哼，喜欢你自己生！"说完，她的嘴巴弯

第三辑 不要哭,这只是小因果

成了一弯月亮,睡过去了。

我回到堂叔家,久久不能入睡,麦果的话一直在我的脑海里盘旋。对于麦果身上发生的一切,我内心百味杂陈。白天还好,我会替麦果感到不幸和遗憾,一到晚上,在世界被黑暗笼罩之时,我内心里最卑鄙的东西便开始爬出来。其实,对于麦果身上发生的不幸,我的内心或多或少还是有些庆幸的,这缩小了我和她之间的差距。但是,这种卑鄙的想法刚露出苗头,就被晚上麦果对我说的甜言蜜语淹没了。

因为睡得太晚,第二天到中午我才起床,正好撞见麦果在洗衣服,场景跟我们第一次见面时一模一样,只是这一次麦果憔悴了一点儿,而我也长高了一些,已经到了她的耳朵边,她抬头看见我,脸一红,又埋头继续洗衣服,我没有说话,然后从她身边走过。

几天之后,我约麦果去看电影,那天,为了给头发定型,我跳过啫喱,直接将洗发露抹匀了梳在头发上,然后,我在堂叔的杂货铺揣了几袋中山瓜子,用堂叔上班的自行车载着麦果就去了。

在去的路上,麦果紧紧地搂着我的腰,刚开始我还不好意思,生怕别人在背后指指点点,说我们是不良少年。但很快我就发现,大家对我们这两个两情相悦的小屁孩毫无兴趣,倒是我们骑着那辆成色很新的自行车引得人频频注目。

我们找了个可以点播的小录像厅,然后在披着长头发很文艺的老板的推荐下,看了岩井俊二的《情书》。整个过程我都在给麦果剥瓜子,剥好放在她手里,偶尔我们会偷偷拉拉小手,然后手上就一直冒汗,至于电影,我和麦果几乎都没看懂,倒是录像厅的老板看得津津有味,我们甚至产生一种花钱请老板看电影的错觉。

从放映厅出来,我们的自行车不见了,我将麦果送回去,然后悻悻回家，等待堂叔的责骂。出人意料的是，堂叔对于我骑走他自行车的事完全不知道，而是骑了一辆款式相同、成色差不多的自行车就上班去了，当时我很不明白，直到后来上大学，有人水壶丢了，就直接拿另外一个人的水壶回去。

从那时候起，虽然我和麦果还以姐弟相称呼，但已经是恋人了。

5

那个时候，我们独处的时间越来越多，我们两个还若有其事地策划起了将来的生活——决定以后去都江堰生活，因为麦果喜欢水，而我喜欢山，"都江堰"水有都江堰，山有青城山。

为了这个目标，我决定更加努力读书，然后出来找个好工作，而麦果准备留长头发，等她头发长长的时候，我就娶她。

在我和麦果的眼中，这一切仿佛都已经是安排好的，只需随着时间的推移，我们对号入座就可以了。

暑假结束，我回去上初中，麦果她妈弄了个卖早点的摊子，麦果每天跟着去练摊。平时，我们都通过书信联系，互诉相思。那一年，我的爸妈又回到了麦果所在的城市打工，我放假时又可以名正言顺地去城里了。

放假的时候，我去找麦果，麦果她妈看出了端倪，但没有说破，麦果对外都说我是她远方弟弟。我一有时间，就去麦果的摊子帮忙，生意清闲的时候，我就和麦果一起，坐公交车坐通城，我带麦果回家过几次，给爸妈说这是我同学，爸妈倒也相信。

我和麦果的关系就这样一直持续着,我高中的时候,麦果的妈妈另嫁了一个男人,并和那个男人生了个儿子。生孩子的时候,麦果的妈妈难产,那个男人选择了保小,孩子的命是抢过来了,但麦果妈就那么没了。那个男人接手了麦果妈的早点摊,然后逼麦果去电子厂打工,每个月的工资上缴。

麦果打电话到我宿舍,哭着说要来找我,我虽然觉得我和麦果在一起是迟早的事情,但我还没有那么早做好准备,而且家里对于我早恋也是极力反对的,我告诉麦果,让她再坚持一下,等我高中毕业,考上大学,我们就能光明正大地在一起了。麦果沉默了半晌,然后挂掉了电话。

一个月后,麦果再次打电话给我,告诉我她结婚了,嫁给了一个四十多岁的老瘸子,因为那个老瘸子瘸腿的时候领了赔偿,给的彩礼多,麦果的继父就逼着她出嫁,不然就摔死麦果妈妈生下来的那个弟弟,麦果妥协了。

一切来得太快,让人猝不及防,我花了很长的时间让自己冷静。我能想象,麦果在她妈妈离开之后,在家里受了继父多少的冷嘲热讽,最终被逼嫁给老瘸子。而这样悲剧的结果很大程度上是因为我,如果当初我同意麦果要来找我的话,就不会发生这样的事情了……但一切都太迟了。

麦果结婚之后,我颓废地在学校生活了两个月,然后给麦果打了电话,强打着精神说了声对不起。麦果的语气非常冷静,说没什么,这不怪你,我随便说了几句,抢在自己崩溃之前挂掉了电话。

挂了电话,我大哭了一场,然后离开了学校。

爸妈对我很不满,但因为忙于生计,也没时间管我,我就像一只无头苍蝇一样四处乱窜,和一帮不良青年横行于各大游戏厅,终于有一天,那群不良青年约我一起,去偷人家未上锁的自行车。当时,我觉得这不算偷,顶多叫拿,就像当初我和麦果停在放映室外面的自行车被别人拿走一样,就像麦果被人从我身边拿走一样,何况,我的被拿走的车子是上了锁的,拿的是别人没上锁的,理所当然。

　　那天,另外两个人放哨,安排我动手,正要动手时,我的手机响了起来,是麦果打来的。嘘寒问暖之后,麦果问我在干嘛,我如实相告,她劝我不要,见我不听,说到后面开始哭着求我了,求我回学校去,不要做小混混了。

　　听着麦果的哭声,我明白了一个事情,一开始我做出一副坏人的样子,就是想告诉麦果,自己对不起她,是个坏人,但后来真的慢慢变坏了,做坏事开始不内疚了。我愣了半晌,最后还是放弃了偷自行车的想法,因为"行动失败",我的手机作为赔偿,给了那两个不良青年。

　　几天之后,麦果来我家找我,当时爸妈也在,麦果是以同学的身份来的,当着爸妈的面,麦果将计就计,告诉爸妈,说老师让我回学校去,但是电话联系不上,就让她来家里找了,爸妈听了后十分高兴,连夸麦果能干,那架势,恨不得将麦果夸成儿媳妇了,看得我有点伤感。

　　一星期之后,我获准回到学校,是麦果以姐姐的身份去学校认的错,说是她没管好我。回学校那天,麦果来帮我搬的东西,走的时候,她语无伦次地跟我说了好多话,我突然紧紧搂住她,告诉她,等我出去挣钱,把彩礼还给那个老瘸子,然后我们在一起。

　　麦果摇了摇头说,别傻了,弟弟。

　　后来我参加高考,上了大学,自那次以后,我和麦果就很久没

第三辑 不要哭,这只是小因果

有联系了。期间我去过堂叔家,对门麦果家的房子已经被他的继父变卖,住进了一对退休的老夫妻。经过打听,我隐约得知,麦果的丈夫,那个老瘸子出车祸死掉了,因为赔偿金丰厚,大把的人抢着给麦果做媒。

我急了,以远房表弟的身份,找老夫妻要了麦果的电话,约了麦果见面,见面的时候,我告诉麦果,不要嫁给其他人,等我毕业了,我就娶她,麦果摇了摇头说,我已经订婚了,这次找了个喜欢的人,对我也很好。

我愣住了,觉得这应该也是最好的结局了吧,然后,我默默地走开了。但回去之后,对麦果的思念再次倒灌回来,我一次又一次地打通麦果的电话,发了疯一样地哀求她,但都被麦果严肃地拒绝了,一次又一次,最后,麦果严正地告诉我,她现在很好,让我不要再去干扰她的生活。

我终于绝望了,睁着眼睛在床上躺了一天一夜,然后提前回了学校。毕业之后,我找了工作,签订了合同,再次见到麦果时,她正在逗一个小男孩玩耍,我轻轻地走了过去。

麦果看见了我,愣了一下,然后朝小男孩张开怀抱:"来,到妈妈这里来!"

小男孩高兴地扑到麦果怀里,我明显一愣,感觉心里悬挂多年的东西终于崩塌、风化了。

麦果对小男孩说:"来,叫叔叔!不,叫舅舅!"

小男孩笑嘻嘻地看着我,没有说话。

时间又过了些年,不算太短,也不算太长,我刚结婚不久,去以前的城市出差,正好和麦果见了一面。

我告诉麦果,我结婚了。

麦果笑着点了点头:"那我就放心了!"

我问麦果:"你家孩子还好吧。"

麦果用眼睛瞟了我一下,然后笑着点了点头,缓缓地说道:"恩,我很爱他……"

"我"的故事到此结束了,很多人心中,其实都有一个没有在一起的姐姐,但这就是真实的生活,不是吗?

编委会

（排名不分先后，以下人员均为博文书友会社群合伙人）

北京超然之家家具建材有限公司董事长、脑立方北京海淀分中心总经理　陈超再

北京龙方圆文化发展有限公司董事长、北京大学总裁培训班国学项目负责人　焦宏亮

广州奔兆生物科技有限公司执行董事、仁和小绿瓶总裁　倪晓丽

中国天津尚赫保健用品有限公司（北京分公司）总经理　易　滢

博文社群裂变合伙人　刘　凡

山西海沙企业管理咨询有限公司总经理　高文汇

沈阳中街国珍健康生活馆馆长　史学军

紫禁城医药集团　赵光耀

北师大二附中国际部　杜丽华

北京益言文化传媒有限公司总经理　杜仲钰

博文社群裂变合伙人　于淑伟

159素食全餐代理商　孙　霞

北京耐威联合文化发展有限公司总经理　陈　瑜

瑞美国际医疗美容总经理　张熙桐

长春市宝图腾自控系统有限公司经理　李天春

博文社群裂变合伙人　王文芳

鹰眼创世北京网络科技有限公司发起人　王　淼

吉林省长源木业有限公司总经理、鸿顺建筑租赁公司总经理、长春市万汇实业有限公司总经理　王文春

康乐多幼儿园园长、威希科美高科技美容体验馆盘锦发起人、康乐多卓越父母家长学校校长　杨文霞

中信建投证券股份有限公司北京虎坊路证券营业部经理　刘洁华

吉林省恩祺商贸有限公司总经理　张凯祺

中国小飞机俱乐部　陈思宇

北京林楠投资有限公司投融部经理　涂祖胜

牛氏九易公司文艺部长　耿丞焞琳

北京易宏置地房地产经纪有限公司　向　来

北京华融盛贸国际科技有限公司创始股东CEO　郝　月

姆米又国际控股集团联合创始人、北京盛仁蓬勃公共关系有限公司总经理、企业绩效管理高级培训师、多家美妆企业联席顾问、国际美博会特邀嘉宾、彩妆代言人　桓慧芳

中国古诗词文化传承者、创新者，中国书画艺术爱好者、资深经纪人，古根博格家族核心成员，北京古根王酒业有限公司股东　明易桉樾

人类少食健康工程"发起人""123生命工程"俱乐部创始人，北京大管家健康科技发展有限公司创办人　盛紫玟

金融理财师、家庭教育指导师、国家二级心理咨询师、皮纹分析咨询师、北京鼎硕炜业投资管理有限公司高级投资理财顾问、北京天下安道教育科技有限公司副总经理　钟永恒

博文社群裂变合伙人　伍兴隆

北京喜帮科技总经理　刘泊霆